夜の薔薇
聖者の蜜

夜《よる》の薔薇《ばら》　聖者《せいじゃ》の蜜《みつ》

高原《たかはら》いちか

ILLUSTRATION：笠井《かさい》あゆみ

夜の薔薇 聖者の蜜

LYNX ROMANCE

CONTENTS

007 夜の薔薇 聖者の蜜

256 あとがき

夜の薔薇　聖者の蜜

汽車は鉄輪を重々しく軋《きし》らせながら、終着のガスコ中央駅に到着した。

「人が、多いな――」

千晴《ちはる》は、客車の乗客たちがあらかた降り切ったあとになって、傷《いた》み古びたトランクひとつを手に、ホームに降り立った。そして鉄骨を高く組んだ駅舎を見上げ、その堅牢《けんろう》さと巨大さに、目を瞠《みは》る。

「これはまた、ずいぶんと立派になったものだ」

千晴が幼かった頃には、まだ純朴さを残す地方都市だった故郷は、すっかりと州の中心都市に相応《ふさわ》しい、壮麗な虚栄の都に変貌《へんぼう》していた。

ここは二十世紀初頭、繁栄と狂騒の合衆国《ステイツ》。

淑女たちの腰から、靴の爪先すら見せない長いスカートがずるずると引かれていた時代は遠く過ぎ去り、女性たちは今や、ストッキングに包んだふくら脛《はぎ》や足首を堂々とさらし、高らかにヒールを鳴らして闊歩《かっぽ》していた。口紅はくっきりと赤く、目は猫のようにやや吊《つ》り上がり気味に化粧するのが、近ごろの流行だ。職業婦人が登場し、女性参政権が認められ、女は慎《つつ》ましく男の陰に隠れ、自己主張せぬがよしとされた時代は、すでに古臭い過去になりつつある。

そんな時代のただ中に、香月《かづき》千晴はすっかり変貌した故郷へ――このガスコへ帰ってきたのだ。

使い傷んだトランクと帽子を手に、汽車から降り立った瞬間、ホームを行き交う乗降客たちの目が、途端にぎょっとこちらを向く。

——やっぱり、な。

予想通りの反応に、千晴は苦笑を漏《も》らして、トランクをいったん足元に置き、おもむろに、フェルトの黒帽子を目深《まぶか》にかぶった。

ほとんど徒手空拳の身の、唯一の武器である容貌の効果を改めて確かめられたのは心強いが、何も目的地に着くなり注目を集めることもない。妙な噂《うわさ》が立つのも、「今は」困る。

千晴の服装は特異だった。艶《つや》のない黒一色に立ち襟と長い裾《すそ》。ずらりと密に並んだ前ボタン。神父の平服であるその服装は、「キャソック」と呼ばれる。

合衆国《ステイツ》は建国以来のプロテスタント国家だが、カトリックの神父もそれほど珍しいわけではない。だから千晴が人々から凝視された理由は服装ではない。有色人種の神父は珍しいが、日系人街もあるこのガスコでは、バター色の肌と、癖のない漆黒の髪は、とりたてて珍奇なわけでもない。

強《し》いて言えば、両頰《りょうほお》の真横で一文字にすっぱりと切り揃《そろ》えた長めの髪型は、この国の男性としては物珍しいかもしれない。もちろん千晴は、自らの容貌を際立たせるために、わざとこの女性的な髪型にしているのだが。

——女……？　いや、男……？

わざわざ立ち止まって千晴を見つめている女の茶色い目が、そんな声を発するように揺れている。

そうして人々の視線の声なき声を総括すれば、それは「男性にしては美しすぎる」。そして、「何だか気味が悪い」というあたりになるだろう。この上なく美しい市松人形《イチマツ・ドール》に魔性を感じて、思わず身を退《ひ》くように。

そしてそれは千晴の、思惑通りの反応だった。帽子の下で、紅《あか》い唇が、にい、と吊り上がる。

――あなたは魔性の神父ね……。

あの女。ゴッドマザーを称するロッサのあの年増女は、千晴を一瞥《いちべつ》するなりそう呼んだが、その陳腐な表現は、だが千晴に関してはあながち間違いでもない。

ここに辿《たど》り着くまでに、いったい幾人の男を誑《たぶら》かしてきただろう。もう自分でも数えきれない――。

『そんな自分を汚らわしいとは思わないことね、ハル。己を呪うのは不毛なことだわ』

港町ロッサの女、アデーレは、海に面した自宅のバルコニーで、潮風に吹かれながら千晴にそう告げた。今から半月ほど前のことだ。

『わたしだって、先代に目をかけられるまでは、夜の街の舞台で半裸で踊っていた身だったもの。それも、時には男の袖《そで》を引かなくては食べていけないような三流ダンサーでね……。それがギャング団の年取ったボスの後妻に納まったおかげで、今やこのロッサのゴッドマザー……』

底辺から成り上がった女の金色の髪が、風になびく。汚れた、罪を重ねた身でありながら、アデーレは誰よりも誇り高い女だった。

マグダラのマリア――。「罪の女」とも呼ばれるイエスの女弟子を、相対する千晴はつい連想する。一説には、彼女もまた娼婦出身であったと言われている――。

『男を誑かす才能は、この世界ではこの上ない武器よ。だってどんなに平等を叫ぼうとも、この世はまだまだ男どものものなのだもの。その体と美貌は、目的を遂げるために、神から授けられたギフトだと思えばいいわ』

『……』

千晴は、女の金色の髪を見つめている。わざとらしいほどに混じりっ気のない淡い金色は、脱色と染毛剤の効能のたまものだろう。

『神などいない——って言いたげな顔ね』

女は口紅で真っ赤に塗りつぶした唇を、可笑《おか》しげに歪《ゆが》めて笑った。

『神を信じない神父——……それも面白いわ。わたし、あなたが好きよフランシスコ・ハル神父。死んだ夫と、息子の次にね』

記憶の中で、千晴と女の頭上には、飛翔するかもめが鳴いていた——。

あの女。ロッサのゴッドマザー、アデーレのことを、千晴は好きなわけではない。信用しているわけでもない。

ただ一時の取引相手としては悪くないと思っているだけだ。自分のやろうとしていること、やりたいことを理解してもらえ、その上で後援を約束してくれた。それで、充分。

男を魅了し、誑かす悪魔の美貌。

(この身にある武器は、それひとつだ——)

そう、千晴は懐かしい故郷に帰ってきたのではない。

戦場に、やってきたのだ――。

ピィーッ、と汽笛の音。

カツカツと力強く真《ま》っ直《す》ぐにホームを歩く千晴のキャソックの裾を、汽車のドレンから噴き出す蒸気が、すれ違いざま、ふわり、とはためかせた。


ガスコは、海のない町だ。

最初の入植者が欧州からやってきた時、この土地はわずかに湧《わ》き水が出るだけが取り柄の、荒野に取り巻かれた陸の孤島だったらしい。

その条件の悪い土地で、それでも人々の営みが細々と続いたのは、街道を通して港町ロッサと繋《つな》がっていたからだ。ガスコは長らく、内陸部と沿岸部の大都市を中継する小さな宿場町として、駅馬車の轟《とどろ》きの中で歴史を積み重ねてきた。

それが一躍、大都会へと発展したのは、鉄路が敷かれてからだ。

鉄輪を軋らせて爆走する蒸気機関車は、富と、物資と、そして――。

港町から、ならず者たちを運んできた。

――ギャングの街。

それが二十世紀初頭の、ガスコの別名だ。

しかしもちろん、この街にごく普通の人々の平穏な生活がないわけではない。

むしろ表面上は、合衆国《ステイツ》のどこにでもある無個性な都会の顔をしている。

強いて特徴を挙げれば、南に拓《ひら》けた港町と繋がりが深いために、ラテンの血を引く人々の割合が比較的多いことくらいだろうか。

浅黒い肌、高い鼻梁《びりょう》、癖のある黒髪の群衆――。

その母子は、そんな光景の中で珍しく金髪碧眼《へきがん》で、抜けるように白い肌を持っていた。たぶん、郊外に邸宅を持つ富裕層の主婦だろう。自分で乳母車《うばぐるま》を押しているのは、普段赤ん坊の面倒を見ているメイドが、急病か何かで外出に同行できなくなったからに違いない。

なぜなら美しい母親は見るからに手つきが不慣れで、汽車の煙にまみれた構内の跨線橋《こせんきょう》の階段を、無理矢理に乳母車を押して上がろうとしていたからだ。

車の前輪が段差に衝突し、かつんかつんと硬い音を響かせている。

その光景に、たまたま跨線橋から降りてきて行き合った千晴は、呆《あき》れて眉を寄せた。

(馬鹿《ばか》だな、いくら力任せに押したところで、乳母車が階段を上がれるはずがないのに……)

しかし身なりのいい母親は、おそらく常に誰かに傅《かしず》かれてきたような箱入り育ちで、これまで見知らぬ相手に頭を下げて助けを乞《こ》うたことなどないのだろう。きょろきょろと周囲を見回し、誰かが手を差し伸べてくるのを、当然のように待っている。

そしてその双眸《そうぼう》が、不意に、じっ、とキャソック姿の千晴を捕えた。

若く美しく、豊かな生活を謳歌《おうか》する人間特有の甘えを浮かべた目が、縋《すが》りついてくる。

うんざりした気分で、千晴はため息をつく。

（あなた、神の僕《しもべ》なんだから、人助けをするのは当然でしょう――？　というわけか）

だがあいにくと、千晴は人々が思い描くような、善良で神の教えに忠実な神父ではない。そもそも神を信じてもいない。

信じるふりをするのは、得意だが――。

『神を信じない神父――……それも面白いわ』

この宗教保守の国で、そんなことを堂々と言うのは、アデーレくらいだろう。

――まあガスコへ赴任した早々、不親切な神父だと悪評を立てられるのはまずいか……。

千晴は反発心に持ち上がりかけた肩をなだらかに宥《なだ》めると、乳母車の母親に歩み寄り、「お手伝いしましょう」と声をかけた。

にっこりと、極上の作り笑いを浮かべて。

「まあ、ありがとうございます」

若い母親もわざとらしく微笑する。そうすれば男はみんな自分に夢中になると知っているかのような、魅惑的な笑み。

まるで千晴自身が、そこにいるかのような――。

（吐き気がする）

女の化粧の香りにむせそうになり、千晴はとっさに俯《うつむ》いた。

足元にことんとトランクを置く。一瞬迷ったが、荷物を持ったままでは、乳母車は押せないので仕方がない。

かたん、と音。

乳母車の後輪を持ち上げるようにして最初の階段を上った時、ちらりと一瞬、階下に置きっぱなしのトランクを盗まれないかと心配になった。まあ、仮にそうなっても中身は使い古しの下着と聖書くらいなので、大した損害にはならないが、ただ――……。

かたん、かたん、と一段ずつ階段を上って行く乳母車。その籠の中にいる、ガーゼとレースに包まれた、まだ柔らかで、ミルクの匂いがする、性別すらも定かでない生き物。

「よく眠っていますね」

がやがやと、駅の喧騒《けんそう》。

「ええ、よく寝てよくミルクを呑《の》んで――本当に手がかからない子で、助かっていますわ」

裕福そうな母親は、自分で子どもの世話をしているかどうかも怪しいのに、自慢げにそんなことを言う。

千晴は乳母車の中の乳児を見つめた。まだあまり髪は生えていないが、恵まれた豊かな暮らしぶりを象徴するかのように、睫毛《まつげ》がびっしりと生え揃い、頬には林檎《りんご》に似た赤みがある。

まだ、何も知らないのだろう。この世がどれほど汚辱にまみれたところかも、愛が常にどこにでもあるとは限らないことも、人間が時としてどれほど醜く兇暴《きょうぼう》に成り得るかも――。

羨《うらや》むような蔑むような気持ちが湧いた時、乳母車は最後の階段を上がり、跨線橋の上に到着した。

階段下に置きっぱなしのトランクが気にかかり、「ではこれで」と千晴は早々に戻ろうとしたのだが、若い母親はしつこく礼を言って引き留《と》めようとする。

「もしよろしければ、このままわたくしの家でお茶でもいかがですか？　駅前に車が来ているはずですから」

「いいえ、どうぞお気遣《きづか》いなく」

「そうおっしゃらずに。親切な神父さまにお礼もせずじまいでは、主人に怒られてしまいますから――……」

千晴が女のしつこさに困惑していた時、がたん、と階段下から音がした。群衆のひとりが、通りすがりに、千晴の置きっぱなしのトランクに足をぶつけて倒したのだ。

その拍子に、ゆるくなっていた留め金が外れ、蓋《ふた》ががばりと開く。通りすがりの男が、いきなり開いたその蓋につんのめり、めきっ、と音を立てて踏んづける。

千晴は「あっ」と声を上げ、階段を駆け下りた。金目のものなど何もないが、あの古いトランクは今は亡き家族たちの、唯一の思い出の品で――……。

そして千晴が階段を中ほどまで下りた時に、事件は起こった。

つんざくような女の悲鳴――。

群衆が凍りつく。千晴が階段上を振り返る。

その視線の先に、母親を羽交い絞めにして人質に取り、その顔にナイフの切っ先を突きつけながら、ぶるぶる震える男の姿があった。

「く、来るな！　こっちへ来るなァ！」

男が周囲を威嚇すると、数人の追跡者たちが、その場に縫い止められたように立ち竦《すく》む。

母親がハンドルを掴《つか》んだままの乳母車から、赤ん坊の泣き声が上がり始めた。


跨線橋を行き交う群衆がみな立ち竦んでいる。白昼、突然起こった人質事件に、あれほど喧騒に充《み》たされていたガスコ中央駅は、今や赤ん坊の泣き声と、喉元にナイフを突きつけられた母親のすすり泣き、それに停車中の汽車の蒸気音だけが響く、奇妙な静寂の舞台と化していた。

わざとらしいほどに、劇的な光景だった。登場人物が現代の服を着ているシェイクスピア劇のように――。

「チーノ、なあ、俺のかわいいチーノよ」

追跡してきた一団のひとりが、まるで子猫を宥めるように、チ、チ、チと舌先を鳴らしながら話しかける。中折れ帽をかぶり、明らかに一流の仕立屋の手によるスーツをかっちりと身に着けているが、伊達《だて》男ぶりが仇《あだ》になって、逆にカタギには見えない。

おそらく、ギャング。それも幹部に近い、羽振りのいい――。

「バカなまねはよせ。お前さんには身重の女房がいるんだろう。重いお産になりそうで、医者から帝王切開手術を勧められて入院してるって聞いたぞ。勤め先の金に手を付けたのは、その女房のためだろう？」

どうやらこの顔役《ザ・フェイス》の男と、チーノというチンピラは顔馴染《なじ》みらしい。面倒見のいい人情派の兄貴と、根っから悪人ではないが、カタギにもなりきれず、何かと面倒をかけている危なっかしい弟分――というところだろうか。

「金を盗んだだけなら、店主が警察に訴え出なけりゃなかったことにできる。お前さんがいい子で金を返すんなら、俺がどんな手を使ってでも話をつけてやるよ。だがカタギのご婦人を傷つけちまっちゃ、いかなこのテオでも庇《かば》いきれねぇ。かわいい女房子どもをシャバに残して、何年も刑務所暮らしになるぞ。そんなのは切ねぇだろう？　まして人質に取った挙句殺しなんてしたら、電気椅子《いす》へまっしぐらだ。今ならまだ、引き返せる。さあ、そのご婦人を放せ――……！」

「だ、駄目だよ、テオの旦那」

男が弱々しい声を上げた。

「お、俺ぁもうとうに人ひとり殺しちまった。揉《も》み合いになった拍子に、このナイフで雇用主をブッスリいっちまったんだよぅ」

「――何だって？」

その言葉に、もっとも衝撃を受けたのは、今まさに人ひとり刺したナイフの切っ先を突きつけられている女だった。ひぃっ、と引きつるような悲鳴を上げ、今にも気絶せんばかりの顔色になり、懸命に掴んでいた乳母車のハンドルから、手が離れそうになっている。

不穏な成り行きを感じたのか、赤ん坊の泣き声が激しくなる。

「すげえ血だった。ありゃ何かヤバいところの血管をいっちまったんだ。もうなかったことなんかにゃできねぇよ……！」

「おい待てチーノ。ああ、俺のかわいい弟分よ。お前さんみてぇなお人よしが、なんでまたそんなことを――」

「だ、だってよぅ、金が入り用だったんだよぅ。腹のガキはあきらめるから女房だけでも助けてくれって言ったのに、医者はこれ以上はツケで診てやれねぇって、今日中にまとまった金を工面してこなきゃ、女房を病院から追い出すって言いやがるんだよぅ！」

しゅんしゅん……と停車中の機関車の音。

「診てほしけりゃ目の前に現金を積めったって、ただでさえ借金まみれの俺に、金を貸してくれるところなんざもうありゃしねぇ。それで雇い主に前借りを頼んだら……あのごうつくばり、金を出しやがらねぇばかりか、女房のそばにいてやりたくて一週間ほど店を休んだのを理由に、俺をクビにしやがった！　こ、こっちは金が必要で、一刻を争う状態なのによぅ！」

「それで店の金を盗《と》ろうとしたんだな」

「違う、貸してくれねぇなら勝手に借りようとしただけだ！　女房の命が懸かってんだ、それくらい目こぼししてくれたっていいだろうと思ってよ！　さ、刺しちまったのはもののはずみだったんだ。だけどよ、人ひとり殺《や》っちまって、俺はもうどうせ死刑だ。だったら、せめて女房だけでも助けてやりてぇ。この金を持って帰らなきゃ、あいつが死んじまうんだよぅ！」

「……っ」

　顔役の男が言葉に詰まる。このチーノという男の境遇に、つい同情を感じてしまったのだろう。その気持ちは、千晴にもわからなくはない。チンピラとカタギの境界線を頼りなく行き来しつつも真っ当に働き、生まれてくる子どもと女房と共にささやかに生きて行こうとした矢先、こんな事件を起こさざるを得なかったとは——何て運のない男だ。

　そして、自分もついていない、と千晴はため息をつく。ガスコへ乗り込んできて早々、こんなトラブルに巻き込まれるとは——。

(無視すればいい)

　神の僕として誓いを立てた身には、俗世の人間どもの悲哀など関係のない話だ。無視して、立ち去ればいい。

(なのに——)

　千晴は天を仰《あお》いだ。天と言っても見上げるそこにあるのは、煤煙《ばいえん》に汚れた鉄骨組みの屋根ばかりだ。

神などいない。

神などいないのだ。少なくとも、この汚れたギャングの街には、千晴を守護してくれる神はいない――。

千晴は顔役の男の上等なスーツの肩を、後ろからとん、と叩《たた》き、「失礼、シニョール・テオ？」と声をかける。

「わたしが、代わりましょう」

ギャングの男は、ぱっ、と笑顔になった。顎《あご》が縦に長すぎ、美男ではないが、一度見たら忘れられない、愛嬌《あいきょう》のある顔だ。

「おお、神父さん。ありがたい。是非チーノの奴を説得してやってください。考えなしだが、根は悪い奴じゃねぇんで――」

「いえ、そうではなく。わたしがあの母子に代わって人質になりましょう」

「……え？」

甲高い赤ん坊の泣き声に、刃物男が「黙れ！」と喚《わめ》く。かなり苛立《いらだ》っている。

もう猶予はない。千晴が進み出る。

チーノという男が、びくん、と震えあがって後ずさった。その荒《すさ》んで汚れた顔には、ひたすら神を畏《おそ》れる表情がある。

合衆国《ステイツ》は、基本的にプロテスタント国だ。しかしラテン系国家からの移民とその末裔《まつえい》は、多くがカトリックであり、その集住地域において、教会や神父の影響力は決して侮れない。

そして意外にも、ギャングたちは概して信心深く、神父を深く敬愛している。日々悪行を重ね、己の罪深さを知る身だからこそ、半面一心に魂の平安や救いを求めるというわけだ。

――だからこそ、千晴は神父になったのだ。彼らの魂にまで食い込める存在になるために……。

「――初めましてシニョール・チーノ。わたしはフランシスコ・ハル神父と申します。一介の神の僕です」

何物をも持たない両手を、見せつけるように差し伸べる。

「わたしに、そちらへ行くことをお許しくださいますか？」

「な、何であんたが――……」

「神の御心《みこころ》がそうお命じになるからです」

我ながら不誠実な演技だ――と皮肉な気持ちになりつつ、神を信じない神父は告げた。

ふぎゃぁぁぁ、と、赤ん坊の声。千晴はちらりと乳母車のほうへ視線をやる。

つられて、その場に立ち会う全員がそちらを見る。

「シニョール、ご婦人はともかく、その赤ちゃんはそう長くはがんばれないでしょう。すぐにミルクだのおむつだのが必要になるし、乳児は世話を怠ればすぐに衰弱してしまう。もしそうなれば、あなたにしても、人質を取って粘れる時間が限られることになりますよ」

「……っ」

「あなたにとっても、長い間我慢してくれる体力のある人質のほうが、都合がいいのではありませんか？」

「そ、そうだチーノ。この神父さまのおっしゃる通りだ」

テオが千晴の背後から長すぎる顎を突き出してくる。

「神父さまの言葉は神の言葉だ。まして自分から身代わりになろうなんておっしゃる尊いお方は滅多にいるもんじゃねぇ。なあチーノ、このお方がこの場に立ち会われたのが神のご意志と思って、お言葉に従うべきじゃねぇか？」

「テオの旦那……」

女の喉首に突きつけられている切っ先が、ぶるぶると震えた。すでに人ひとり刺したというそれを避けようと、女は必死で首をひねって顔を背けている。

「さあさあチーノ、俺のかわいい弟よ。もう警察が来ちまう。官憲にか弱いご婦人と赤ん坊にナイフを向けてる場面を見られちゃ、あとあと面倒だぜ。素直にこの慈悲深い神父さまにお縋りしな」
チ、チ、チ、とまた舌先を鳴らして告げる。千晴は両手を広げて差し出した姿のまま、半歩、足を進めた。
「さあ、そのご婦人をこちらへ――」

男に、そう告げた時だった。

中央駅構内いっぱいに、銃声が響いたのは。

その場にいる誰もが、何が起こったのかを理解しなかった。ただ、チーノという男が呻《うめ》きを上げ、吹っ飛ばされるように背中から跨線橋の手すりを越えて線路に落下する場面を、木偶《でく》のように見守っただけだ。

どさっ、と砂袋でも落とすような音。

思わぬ幕切れに、群衆がどよめいた。人質にされていた女が、へたり、とその場に崩れ落ちる。

「や、野郎、身投げしやがったのかっ？」

「違う、そうじゃねぇ。銃撃だ。撃たれたんだ！」

「そんな、いったい誰がこんな人の多い場所で、発砲なんかしやがったんだ！」

コツ、コツ……と、靴音が近づく。

混乱状態だった群衆が、再び冷水を浴びたように鎮まった。人垣が、さ……と左右に割れる。

モーセが海を割ったように。

その割れた人垣の真ん中を、玉座への道をゆく王のように、ひとりの若い男が歩いてくる。中折れ帽を載せた頭を、物憂げに、心もち右側に傾けて。

男の目が、千晴を見つめる。

——この男は……。

『ニコラ・カロッセロ』

数日前。敵対するギャング団の主たる幹部たちの写真を次々に披露しながら、アデーレは夜の女だ

った頃に酒と煙草《たばこ》で痛めた声で千晴に告げた。

『カロッセロ・ファミリーの現総領、ドン・ジェラルドの次男にして、次期総領《ドン》候補のひとり。いい男でしょう……？　ちょっと憂鬱《メランコリック》気質だけどね、やたら能天気なのより、そのほうが知的で、素敵だわ』

そう言って、陽気な未亡人《メリー・ウィドウ》は自棄《やけ》気味に笑った。

『カロッセロの幹部の誰を落とすかはあなたに任せるけどね――わたしの見解では、このニコラって男が最適だと思うわ』

なぜなら――……。

「シニョール・ニコラ！」

その声で、千晴は回想を止める。

長顎のテオが青年に駆け寄り、その二の腕を摑みながら、びしりと叱りつけている。

「何てことするんですか、あんた！　こんな公衆の面前で、マグナムぶっ放すなんて！」

摑まれた青年はだが、揺すぶられるがままで反応らしきものを返さない。

まるで生きる屍《しかばね》のように。

「聞いてんですかシニョール！　いくらあんたがカロッセロの御曹司だからって、こんな白昼堂々……！」

テオの怒声を、だが青年は明らかに聞いていない。冷え固まった飴《あめ》のような目が、少し斜めに傾いたまま、一心に――千晴を見ている。

そのまなざしに、千晴の首筋がチリリと粟立《あわだ》った。

ひと言で言えば、その目に凝《こご》っているのは「孤独」。

アデーレの言葉通りだ。

『この男が、カロッセロの一族でもっとも繊細で、傷ついた心を持っていて――……』

「テオ」

憂鬱《ゆううつ》な気性そのままの陰鬱な声で、ニコラ・カロッセロは右手の拳銃をテオの胸板に押しつけた。

「撃ったのはお前だ」

「は、はぁ?」

「警察には人質になった女子どもを助けるためだったと説明しておけ。撃たれて死ぬ場所には当てていないし、落ちたのは不幸な偶然だ。刑務所に入る羽目にはならんだろう」

まるで群衆の中の誰ひとりとして、警察に真実を密告しようはずがないと言わんばかりの態度だ。

実際、市民たちはみな、この光景から目を逸《そ》らしている。

「はぁ、そりゃまぁ――一家《ファミリー》の構成員《モップ》としちゃ、総領《ドン》の息子のあんたを官憲がらみの沙汰《さた》に巻き込ませるわけにゃいきませんがね」

自分の立場をわかってるんなら、最初から面倒事は起こさんでくださいよ――と愚痴りながら、テオは拳銃を受け取る。

その様子を、千晴はただ茫然《ぼうぜん》と見ている。

幹部を庇うために部下が身代わりに罪をかぶる。ギャングの世界ではよくある場面だ。

だがしでかしたことを当然のように部下に押しつけ、良心の呵責《かしゃく》もない様子のこのニコラという男は、どこか傲慢さというよりは貴族のような高貴な腐臭を感じさせた。

中折れ帽の下から覗《のぞ》く、黄金色の髪も。

どろりと濁った生命力のない茶色の目も。

地味ながら贅《ぜい》を尽くしたとわかる服装に身を包み、それでいて、生きていることが心底つまらない、と言わんばかりの物憂げな表情も――。

アデーレの言葉がよみがえる。

『この男が、カロッセロの一族でもっとも繊細で、傷ついた心を持っていて――……』

ピーッ、と汽笛を鳴らしながら、汽車がホームに入ってくる。

『そして、もっとも誰かから愛されたがっている男だからよ』

男から目が離せなくなっていた千晴の意識を、ひいいぃぃぃ、という女の悲鳴が劈《つんざ》いた。

期せずして、千晴とカロッセロの息子は、同時に同じ方角を見る。

腰を抜かしてへたり込んでいた若い母親が、その姿勢のまま、手で空を掻《か》いている。

その視線の先に、泣き喚く赤ん坊を乗せた乳母車が、コロコロと軽い車輪音を立てながら、下り階段の方角へ転がってゆく光景があった。

刃物を突きつけられていたところに至近距離を弾丸が通過し、真後ろにいた男に命中したのだ。平凡な、しかも何不自由ない裕福な日常を送っていただろう若い母親が、腰を抜かして乳母車から手を離しても、責められるものではない。

跨線橋が、全体にゆるいアーチ式になっていたのが不運だった。車輪がついているものにブレーキがかかっていなければ、当然、重力に引かれて自然に両サイドの階段のほうへ転がって行ってしまう。

「ッ……！」

千晴は駆け出した。最初は簡単に追いつけるものと思っていた。だがその手は、乳母車のハンドルを握り損ねて空を摑んだ。

一度、二度……。まずい。階段までもう距離がない。この体はこんなに動かなかっただろうか、と千晴はもどかしく感じて気を揉んだ。千晴自身気づかない間に、緊張で固まっていたのかもしれない。

神は助けてくれない。救う神などいない。人間は人間が助けるしかないのだ。動け、この脚——

……！

前輪が階《きざはし》から落ち、がくん、と乳母車が傾《かし》ぐ。

駄目か——と千晴が絶望しかけたその時、救いの腕が現れた。

「っ、と」

どん、と突きあたるような衝撃。

無様につんのめりかけた千晴と、落ちかけた乳母車を同時に、力強く救い上げる力。

神ではなく、若い人間の男の腕。だがそれは、つい先ほど、人ひとりを明らかに殺す気で撃った男のものだ。

ふわりと漂うエレガントなコロンの香り。それに混じる、硝煙の匂い。

「怪我《けが》はないかい、綺麗《きれい》な神父さま」

ニコラ・カロッセロは、前のめりに倒れかかっている千晴をきちんと立たせつつ、真正面からそう問うてくる。

向かい合うと、ふたりの背丈はだいぶ違った。千晴がやや小柄で、なおかつニコラが長身だからだ。

「……ええ」

千晴もまた、その双眸でニコラを見つめ返しつつ告げる。そして逡巡《しゅんじゅん》しつつ、「おかげさまで」と付け加えた。自分と赤ん坊の恩人とはいえ、目の前で人ひとり撃った相手に礼を述べるのは、やはり戸惑いが先に立つ。

するとニコラは、凶悪なギャングに相応しく、にや、と口元の片側だけで笑った。

「あんたが奴の前に進み出た時は、肝が冷えたぜ。あのチーノって男は小心なんだが、自棄《ヤケ》になると何をしでかすかわからんところがあってな。自ら人質になるなんて、自殺行為だ」

その言葉に、千晴は驚いて目を瞠る。

——わたしを助けるために撃ったと……？

初対面の神父のために、瞬時に、殺しの罪を背負う覚悟をしたと……？

千晴の表情がよほど可笑しかったのか、青年が、ふっと相好を崩した。すると、ギャングの顔に代わって、意外なほど無垢《むく》であどけない、少年のような表情が現れる。

「我がカロッセロ家は代々、敬虔《けいけん》な信徒でね。ガキの頃から、祖父《じい》さんや親父《おやじ》に、大統領にゃ唾を吐いても、神父さまには敬意を払えと叩き込まれてきたんだ。危険を知っていて、見殺しにはできないさ」

「だ、だからと言って……」

警告なしにいきなり撃つのは相手が殺人犯だとしても無慈悲すぎるし、第一無謀だ。どれほど射撃の腕に自信があるか知らないが、もし少しでも弾が人質か乳母車のほうへ逸れていたら――と言い募ろうとした千晴の声に、赤ん坊の絶叫が重なった。

「おっと、お説教はあとだ、神父さま」

ニコラ・カロッセロは、やや芝居がかった仕草で帽子のつばを引き下げ、目元を隠した。

「警察の奴らがおっとり刀で駆けつける前に、さっさと消えようか。テオ！　神父さまの荷物は確保してるな！」

はいはい、という調子で、テオが肩を竦める。その手には、半壊状態の千晴のトランクが提げられている。

「赤ん坊と母親のお世話もお任せくださいよ、シニョール。ついでに、哀れなチーノとその女房もね」

「……だそうです。さあ、行きましょう」

ぐいっ、と手を引かれて、千晴は面食らった。ととっ、と再びつんのめりかけたのは、決して運動能力が乏しいからではない。いきなりだったからだ。

手から取り落としそうになる帽子を、かろうじて掬《すく》い上げる。

「ちょ、待っ……い、行くって、どうしてわたしがあなたと！」

「話はあとだって言ったでしょう。急ぎますよ」

ぐいぐいと強引に手を引かれるがまま、千晴は歩き出す。

何が何だかわからないまま、ギャングの男に手を繋がれ、引っ張られてゆく黒衣の神父を、群衆の目が物珍しげに注視した。

謹厳そうな運転手がハンドルを握る高級車は、後部座席に若いギャングと美しい神父を乗せて、ガスコの街を悠然と疾走している。

この時代、合衆国《ステイツ》ではモータリゼーションが急速に進み、車の性能も「エンジンのついた馬車」から大きく飛躍していたが、まだまだデザインはクラシカルだった。その、外見は高級なお菓子箱、内部は動く王宮といった態《てい》のリムジンのシートに、瀟洒《しょうしゃ》なスーツとキャメル色のコート姿のニコラは、まるで自宅のリビングにいるかのように悠然と体を投げ出している。隣席の千晴は、文字通り借りてきた猫のようにちんまりと座っているというのに。

「……いったい、どこへ攫《さら》う気ですか」

黒帽子を膝の上に据え、横目に隣人を窺《うかが》いつつそろりと、だが気丈に問うと、若いギャングは一瞬、驚いたように目を瞠り、次にぷっと噴き出した。

「何、神父さん。あんた奴隷市にでも売り飛ばされると思ったのかい？」

相変わらず、どこかに物憂い、投げやりな響きのある声で、だが可笑しそうにくつくつと笑う様子は、まるで十代の、生意気盛りの少年のようだ。

「こう、半裸にして、鎖に繋いで、柔肌に焼き印を押して？ そうだな、神父さまなら、なかなか高く売れそうだ」

じろじろと千晴の首筋を凝視しながらのそれは、無論、趣味の悪い冗談だ。ここ合衆国《ステイツ》では、すでに半世紀前に制度としての人身売買は廃止されている。もっとも、ギャングの主な収入源が売春宿の経営であり、娼婦たちの身柄もまた彼らの商品なのは、公然の秘密だが――……。

一度停止した車が、ブロロロ……とエンジンを鳴らして発進する。

「心配しなくても、俺たちギャングは教会と神父さまには悪さはしないよ。言ったでしょう。カロッセロの一家《ファミリー》はみんな敬虔な信者だって」

「それはそれは奇特なことです。で、わたしをどこへ」

「どこって、ガスコ大聖堂《カテドラル》に決まってるでしょう、ハル神父」

いきなり霊名《れいめい》を呼ばれて、千晴は思わずぎょっと、ニコラのほうへ顔を向けてしまった。名乗った心当たりもないまま、「どうしてわたしの名を」と問うと、青年はふふふと笑った。

「どうしてって、自分で名乗ってたじゃないですか。『初めましてシニョール・チーノ』って。タカの知れたチンピラ相手に『シニョール』なんて、面白い神父さんだと思いながら聞いてたんですよ？」

刃物男と人質交換の交渉をしていた時だ。ではこの男はあの時もう、群衆の中にいたのか。こんなにも目立つ男が、じっと気配を殺し、息を詰めて、群衆のただ中で拳銃に手をかけ、藪《やぶ》の中から獲物を狙う豹《ひょう》のように、千晴の肩越しに目を凝らしていたのか——。

その光景を想像して、千晴はついぞくりとしてしまった。この昏《くら》い飴色の目が底光りしているさまが、なぜかすぐ脳裏に浮かんだからだ。

「あそこの大聖堂の司教さまはうちの親父と昵懇《じっこん》でね。もうじき新しい神父さまが助祭として赴任してくるって話は、先月あたりからちらほら聞いてたんだ。まあ、でも、あんたみたいな若くて綺麗な人だとは夢にも思ってなかったけど」

「……それは、どうも」

無愛想に一礼した千晴を面白そうに眺めて、若いギャングは肩を揺らす。

「それに、助祭って言うから、正直もう少しいい年の人を想像してたね。前任者がそうだったからさ。あれって確か、若いうちはなれないんじゃなかったっけ……？　ん、あれ？　じゃああんた、年幾つ？」

「聖職者に浮世の年月は関係ありません」

千晴は目を車窓の方向に背けて言った。だが年齢のことに触れられると、正直、焦りを覚える。会派によって年齢は違うが、カトリックではおおむね、キリストの享年を基準に若者と壮年を分ける。人として成熟した年齢になったと認められなくては、どれほど英才でも、助祭には昇進できない。つまり千晴も、少なくとも磔刑《たっけい》時のイエス——三十三歳説が多い——よりは年上なわけで——。

「えっ、じゃ、もしかしてあんた……俺より年上……？」

「……」

千晴はノーコメントを貫く。ひとり勝手に真実に辿り着いたニコラは、「ひゅー」と感嘆を漏らした。

「こりゃ驚いた。俺、実は年上好きなんだ。駅でひと目見た時は好みが変わったのかなって思ったけど、そうじゃなかったんだ。俺の勘もなかなかどうして、捨てたもんじゃないな」

ニコラの自画自賛に重なり、パッパ、と車の警笛が鳴る。前方を走っていた車が、慌てたように道を空けるのが見えた。明らかにギャングを乗せているとわかるリムジンを妨げる車は、おそらくないだろう。

「……カロッセロ家は敬虔な信徒じゃなかったんですか」

千晴は呆れて呟《つぶや》いた。よく知られている通り、カトリックでは同性愛は禁忌だ。カロッセロ家に取り入る突破口として候補に挙げてはいたが、まさかこの男のほうから、こうもいきなり口説いてくるとは思ってもみなかった。

千晴は男で——しかも、一応とはいえ聖職者なのに、この禁忌意識のなさは何だろう。群衆の面前でいきなり発砲したことといい、元来、常識や良心が乏しい性格なのか、それともただ単に度を越して人懐っこいだけなのか――。

「敬虔さ。いや、今この瞬間から敬虔になったんだ。いつも馬鹿みたいな額を教会にポンと寄付する親父を横目に見てたけど、俺、あんたがいる教会にだったら全財産投げ出してもいい」

「また、そんな駱駝《らくだ》が針の穴を通るような話を――」

「本気さ」

青年の熱い手が、不意に素早く、千晴の細い手に触れてくる。

息を呑む間もありはしない。千晴はそのまま、片手をぐい、と引き寄せられ、ちゅっ、と甲の上でリップ音を立てられた。

「何と、このニコラ・カロッセロを、あんたはひと目惚《ぼ》れさせたんだ」

深い茶色の目が、こちらを見つめてくる。

「こんなにも美しい人が、何の縁もない赤ん坊とその母親のために渾身《こんしん》の慈愛を示す姿を見せられたんだ――男一匹が惚れずにいられるものか」

ちゅ、と手の甲の上で、また音。

聖職者の手に敬愛のキスをするのは、ミサなどの時には普通に行われる。だがギャングの青年がしたのは、明らかに――求愛の意味を含んだキスだ。

どろりと深く煮詰めた飴のような瞳が、その手を握りしめたまま、上目遣いに千晴を見る。

それは、熱い、というのではない。だが絡みついてくるような、深く引きずり込むような目だ。

その時、千晴が思ったのは、だが目の前の青年のことではなかった。

アデーレ。港町ロッサを統《す》べる闇の女王。

——あなたは本当に凄《すご》い女《ひと》だ。その目に、狂いはなかった。

千晴もまた、確信した。この青年は、確かにカロッセロの弱点《ウィークポイント》だ。思春期の少年のように兇暴かつ脆《もろ》く、そしてとても——愛に飢えている。

それを察知したアデーレの慧眼《けいがん》と情報収集力には、ただただ敬服するばかりだ——。

「シニョール・ニコラ」

千晴は青年の手を丁重に引き剝《は》がす。

「どうかその想いは、わたくしではなく神と教会にお捧げください」

にこやかな顔で拒絶する。

拒むためではない。逆に、男をそそるためにだ。

『人妻、尼僧、女主人——』

アデーレも言っていた。

『夜の女からギャングの情婦、果てはゴッドマザーにまで成り上がる間に色々見てきたけれど、男ってのは、どうしてこうも禁じられた存在に惹《ひ》かれるのかしらね』

女が吸う煙草の匂いと共に、千晴はその言葉を思い出す。

『それに、特別同性愛者じゃなくったって、同性の色気にも案外目がないわ。あなたみたいな美女よりも美しい神父さまなんて、肉汁の垂れるステーキが、飢えた男の前を歩くようなものよ、ハル神父。でもくれぐれも、あっさり食わせては駄目よ』

『……』

『餌《えさ》ってのは、ぎりぎりまで鼻先に吊っておくものよ。あなたがどんなに男と寝ることにためらいがない人でも、すぐに堕《お》ちちゃ安い相手だと思われて、軽く扱われるわ。目的を達したければ、まずたっぷりと、辛抱強く時間をかけて焦《じ》らし、相手を深みに引きずり込んでやりなさい。そうすれば男は、自然にあなたを自分の奥底まで呑み込もうとするわ――』

「もちろん、祈りはするさ」

まるでアデーレの言葉をなぞるように、千晴が引き剝がそうとする指を、ニコラはしつこく、再度絡めてくる。

「祈りもするし、祝福も受けるし、教会にだって通う。何だったら告解《こっかい》もするぜ？　あんたが聴いてくれるならな」

「聴罪《ちょうざい》なら、いつでもいたします。神父たる身の義務ですから」

信者の告解を聴き、なおかつ、その秘密を絶対に守るのは聖職者の重大な義務で、たとえ殺人の告白であっても拒絶したり、他に漏らすことはない。千晴がそう答えると、

「じゃあ、今ここで聴いてくれ」

車窓に千晴の体を押しつけんばかりに迫りながら、ニコラはついに両手を握りしめてくる。

「俺は今日、惚れた相手のために人を撃った」

「……」

青年の手の熱さに、千晴はつい言葉を失う。

「チンケな悪党とはいえ、女房子どものいる相手を、無我夢中のまま撃っちまった。神さまは、こんな俺をお赦《ゆる》しくださると思うかい？」

「もちろんです。あなたがそれを心から悔やむなら――」

「それが困ったことにな」

いつの間にか、吐息がかかるほどに近づいた唇が、千晴の瞼《まぶた》の真上で囁《ささや》く。

「俺は欠片《かけら》も悔やんでないんだ。むしろ綺麗な神父さまを守れたことが誇らしいくらいさ」

「……」

「なあ、神父さま――俺の美しい神父さま」

ちゅ……と、指の関節を吸う音。

「俺は赦しなんか欲しくない。人殺しの罪なんぞ、赦されなくてもいいんだ。それと引き換えにあんたが、少しでも俺を心に留めてくれるなら、地獄に堕ちてもいい――……」

青年の目に、剃刀《かみそり》のような鋭い光が閃《ひらめ》いた。

人を殺《あや》め傷つけて、だがそれをあっさりと悔いない、と言い切れる冷酷さ。

ギャング。

そうだ、この男はギャングなのだ。千晴は心の中の波立ちがふと鎮まるのを感じた。冬の海がある夜を境にぴしりと凍りつくように。

渾身の力で、男の体を突き飛ばす。

「っ……！」

どん、と車体に走った鈍い衝撃に、運転手が反射的にブレーキを踏む。

派手にタイヤが鳴ったが、幸い、後続車には追突されず、それどころか警笛を鳴らされることすらなかった。おそらく、ギャングの――ひと目でそれとわかるほど派手な――車を怖《おそ》れて、周囲はたっぷりと車間距離を取っていたのだろう。

運転手が、何事かとぐるりと振り向く。

「何でもない。行け！」

後部座席で、千晴に突き飛ばされたニコラが、その姿勢のまま運転手に命じる。

忠実な運転手は、それに従う。再び、何事もなかったかのように、リムジンが走り出す。

加速の感覚の中で、ニコラが無様な姿勢を直しながら、ふん、と鼻を鳴らした。

「つくづく、度胸のあるお人だ」

突き飛ばされて、逆に感嘆したように言う。

「このニコラ・カロッセロを袖にするとはね」

「罪を悔いることを知らぬ者は、神もお救いになりません」

千晴は、つん、とそっぽを向いて告げる。

「ましてや罪を犯してなお邪悪な悦《よろこ》びを求めようとする者を、一介の神の僕が、赦し、受け入れられるはずもない」

「ハル神父……」

「ご縁がありませんでしたね、シニョール」

そう告げるや、千晴はドアノブに手をかけた。ノブが外れる感触と同時に思い切って肩をぶつけると、ガラスと鉄板のドアが、ばん、と大きく開く。

黒帽子がふわりと翻《ひるがえ》って飛び去る。「何を……」とぎょっとするニコラをよそに、疾走する車から、キャソック姿の小柄な体が、後ろ向きに、ぐらっ、と落ちかかった。

千晴の氷の仮面のような笑みに、ニコラが、「止めろ!」と絶叫する。

キキキキキッ、とタイヤが鳴る。

減速のタイミングが幸いした。半ば捨て身で落ちたにもかかわらず、千晴は砂ぼこりの立つ路面をごろごろと二、三度転がっただけで、頭を打つことも他の車に轢《ひ》かれることもなく、路傍に難を避けることができた。

呻きながらも、瞬時に感じる。大丈夫だ。動ける。手も足も無事だ。打ち身と擦《す》り傷が少しばかりできたようだが、大きな怪我はしていない——。

「ハル神父！」

ニコラの声を後ろに聞きながら、千晴は立ち上がり、幼い頃の記憶とはすっかり変わってしまった故郷の街の、裏路地に逃げ込んだ。ごみが散乱し、汚水の臭いがするビルの谷間を走りながら、千晴はあははと笑い声を放つ。

（ふふ……あの顔！）

さぞ驚いたのだろう。ざまあみろだ。一度命を救われたぐらいで、ギャングなどに我が物顔をされてたまるものか。体はあちこち痛むが、気分は爽快だった。

せいぜい度肝を抜かれるがいい。そして、惑うがいい。お前がわたしに夢中になるまで、拒絶と冷淡さを散々突きつけて、決して消えない面影を刻んでやる。

そしてそれから、その心を利用し尽くしてやるのだ――。

（ああ、でも、これで、家族の形見は全部失《な》くしてしまったな……）

古びた革トランクがカロッセロの男の手にあるのを思い出して、千晴はちらりと惜しむ気持ちを抱いた。だが、仕方がない。

ガスコに帰ってきたタイミングで失ったのは、たぶん、あきらめどきだったということなのだろう。千晴の家族はもう、遠い昔に、全員いなくなってしまった。今さら、形見など後生大事にして何になる。

千晴の心は、あの時に死んだ。家族と同時に、愛も良心も、すべて失った。今ここにあって神父の服を着ているのは、ギャングと、ギャングのような者たちを悪と知りつつ許容する世界への憎しみに満ちた、復讐心《ふくしゅうしん》の塊。

そして、淫欲に汚された体でしかない――。

「いったいどうしたのだね。そのなりは」

あちこち擦り切れて砂ぼこりまみれのキャソックを着、手荷物のひとつも持たずに大聖堂に現れた千晴を見て、老齢ながら恰幅《かっぷく》のいい司教は、困惑を顔に表した。

「赴任のご挨拶《あいさつ》をすべきところ、見苦しい姿で申し訳ございません、バルトロ司教」

こうしてお目文字賜るのも久方ぶりですのに――と、千晴は丁重に頭を低くする。

丸っこい灰色の目と、きつい癖のある髪を持つバルトロ司教とは、古い馴染みだ。千晴が孤児になった頃、養護院の監督役だった人で、聡明で物静かな千晴には、特別に目をかけてくれた。世間的に言えば「父親代わり」というところだろう。千晴の「ち」が発音しにくいからと、「ハル」という通称を最初に与えたのも、この男だ。

古い記憶にある壮年の姿から老人に変じた司教は、やれやれと言わんばかりの表情で首を振る。

「そんなことを咎《とが》めているのではないよハル。他人行儀はやめなさい。わたしはお前が何か危ない目に遭ったのではないかと心配しているのだ。ここはギャングの街だし、お前はひとりでこの街を歩くには、美しすぎるからね」

――美しすぎて、心配……？

わたしが並外れて美しいからという理由で、裸になれと最初に命じたのは、当のあなたではないか。

ふっ、と鼻で嗤《わら》いそうになるのを、千晴は堪《こら》えた。かつて父代わりの庇護《ひご》者だったこの高位聖職者は、今日からはこの大聖堂での上司になる。軽蔑を気取られては厄介だ。この老人が自分の管轄する教区に引き抜いてくれたおかげで、千晴はカロッセロ一家が支配するこの街の懐深くに潜り込めたのだから。

だがまだだ、これは目的を果たすための第一歩に過ぎない。幼い千晴から家族のすべてを奪った者どもへの復讐を遂げるためには、もっともっとこの男を利用する必要がある――。

「ああ、ハル、わたしのハル……」

何かを乞うような声と共に、司教の老いた手が伸びてくる。

大聖堂の奥、歴代の教区長に宛がわれる古い執務室は、窓も小さく、ドアを閉ざしてしまえば薄暗くかび臭かった。千晴は、古い記憶を揺り起こされる。

あの時は、確か、養護院の物置の片隅だったか――。

『さあハル、服をお脱ぎ。神がお前に与えてくれた美を、わたしにも見せておくれ――……』

肌に触れてくる男の手。舐《な》めずる男の舌――……。

おぞましい、だがよくある話だ。独身と貞節を義務付けられた、壮健でなまぐさい体を持つ神父と、行き場のない美しすぎる孤児。それが世間の目から隔絶された養護院に揃えば、起こることはひとつだろう。

そしてまた、こういう虐待によくあるように、千晴は我が身に起こったことを誰にも訴えなかった。居場所がなくなることを怖れた——というより、孤児になった時点で、すでに千晴は、真っ当につらさや悔しさを覚える感性を喪失していたからだ。

ただ、自分がこんな境遇に陥ったのは、ギャングどものせいだ——と、かび臭い物置の隅で師父に伸《の》し掛かられながら怨《うら》みを募らせたことは記憶している。

——ギャングだ。ギャングが悪いんだ。この世がこんなに汚いのも、こんなにもおぞましい男が誰にも咎められずに幅を利かせているのも、何もかもギャングのせいだ……。

ギャングなど、この世からすべて消し去ってやりたい。千晴はそう一心に思い詰めながら大人になった。だが大人になって世間を知ってからは、そんなことは不可能だと思い知らされた。

ギャングは教会にとって大口の寄進者であり、聖職者にとっては日々の食い扶持《ぶち》を世話してくれるパトロンで、世間の人々にとっても賭博や売春、地下の隠れ酒場などの「禁じられた」遊興を提供してくれる存在なのだ。彼らがそれなりの秩序を保ちながら売春宿を経営しなければ、この街だけで万を数える売春婦たちは行き場を失い、危険な路上に追いやられてしまうだろう。駅で騒ぎを起こした男のように、どうしても社会に馴染めない男がギャングから庇護を受けている例もある。なんのかんのと言いながら、みながギャングを必要としている。仮にギャングがこの世からすべて消えたら、表と裏、建前と本音の間の平衡器《バランサー》を失って、かえって社会が混乱するに違いない。酒害のない清く正しい世を求めて制定された禁酒法が、逆に密造酒の利益でギャングを肥え太らせたように。

世界とは、そういうものなのだ。綺麗事など何ひとつ成就しない。子どもっぽい幼稚な正義感では、何ひとつうまく回らない。

――ならばせめて、自分から家族を奪ったカロッセロの奴らだけでも破滅させてやろう。大人になったら、必ず。必ず――……。

今思えば、その執念ひとつが、あの薄暗く湿った部屋に引き込まれる日々、千晴にぎりぎりで正気を保たせたのかもしれない。

治外法権同然の教会内のことゆえ、事実は公然の秘密となりながらも闇から闇へ葬られてしまったが、今回、千晴がバルトロ司教の引きで助祭に昇進し、しかもガスコ教区へ異動したと聞いて、古い噂を思い出した者も少なからずいるに違いない。まして神父になってからも、芳しからぬ噂の絶えない千晴のことだ。

――魔性の神父。

そんな千晴が教会内の難しい世界を生き抜き、カロッセロの懐深く入るためには、まだまだバルトロの力が必要だった。いずれ、この男にはカロッセロと共に破滅してもらうつもりだが、今はまだ――。

「……司教さま」

差し出される手を取り、敬意と服従のキスをするために身を屈《かが》める。

あのギャングの青年が千晴にしたように。

『美しい、俺の神父さま――……』

「……っ」

その途端、よみがえる声音に、バルトロの手を持ったまま、千晴はぴくり、と震えた。

飴色のどろりと深い目。ギャングの御曹司らしく、贅沢に仕立てたスーツとコート。そして残虐に引金を引き、千晴に触れてきた畏れを知らぬ手――……。

『このニコラ・カロッセロを、あんたはひと目惚れさせたんだ』

――馬鹿馬鹿しい。

どうかしている、と千晴は自分の腑《ふ》抜《ぬ》けぶりを叱咤《しった》した。第一、あの男はカロッセロの息子ではないか――と記憶を振り払い、改めて、師父の手に服従のキスをしようとする。だがその寸前、バルトロ司教の腕に、千晴は不意打ちで抱きすくめられた。

ぐいっ、と頭を反らされ、ほとんど仰向《あおむ》けに、膝の上に載せられる。すでに老人だというのに、大した腕力だ。

「――おうおう、相変わらず白桃のような頬だ」

バルトロの指が、千晴の顔をそわそわと撫《な》でる。

「日系人は若い時代が長いと言われているが、本当だな。助祭に昇進できる年齢になってもこれほど少年時代の美を残しているとは、いかなる神の恩寵《おんちょう》か」
――いいえ、悪魔の庇護です。

微笑《ほほえ》みながら、内心、千晴は考えた。この美貌が保ってくれなければ、この年齢で助祭に昇進することも、ギャングに一目置かれる教会の重職者としてガスコに戻ることもできなかっただろう。一介の神父のままでは、ロッサのアデーレも取引相手としてさほど重視してくれなかったに違いない。神には見捨てられた。だが、千晴には悪魔が味方してくれた。

執念、という名の悪魔が――。

「満足かね？　晴れて助祭として故郷に戻ることができて」

「ええ」

仰のいた姿勢で男の手に撫でられながら、千晴は喉を鳴らす猫のように目を閉じた。こうすれば、男はみんな勝手に勘違いをする――と知っていて。

案の定、バルトロはにたりと笑った。

「だが正直、お前がまたわたしのもとに来てくれるとは思わなかったよハル。わたしは若気の至りでお前をずいぶん、その……苛《さいな》んでしまったから、きっと怨まれているだろうと思っていた。だからお前から復縁を求める手紙が来た時は心から驚いた。本当に、そんなにしてまで戻りたいほど、この街が恋しかったのかね？」

からかうように、恩師は問うた。この男は、千晴がこの街にあまりいい思い出がないことを知っている。それなのに色々と根回しをしてまで、ガスコへの赴任を希望したことも。

もちろん、その「色々」には、「色事《いろごと》」も含まれている。あながち、バルトロの邪推でもない。ここに辿り着くまでに千晴が体を与えた男は、聖俗合わせていったい何人になるだろう——？

「ええ」

千晴は頷《うなず》きながら、男の顔に手を伸べた。

「聖職者は血縁者から離れるのが掟《おきて》ですが——わたしは自分の意思で家族と縁を切ったわけではありません。もっともっと一緒にいたかったし、長生きをして年老いた彼らにも会いたかった。生まれ育った街や家から、本当はあんなに早く離れたくなかった。そういう人間にとって、故郷がどれほど恋しいものかは、到底、語り尽くせるものではありません——」

これは、まったくの嘘《うそ》ではない。ガスコの街は千晴にとって自分の血肉と同じものだ。愛《いと》しいだけでなく、時に憎くてたまらなくなる、という意味も含めて。

バルトロが震えているのが伝わってきた。老いた目の周囲に涙が滲《にじ》み、年甲斐《としがい》もなく、頬が紅潮している。

「……ああ、かわいいハル。かわいそうなハル。わたしのハル……！」

がばりと抱きしめられる。

「もう何も心配はいらん。お前は、今日からこのバルトロのもとで安寧に過ごすのだ。決して惨めな思いはさせん。望みはすべて叶《かな》えてあげよう。かわいいハル——……！」

どうやら、自分はこの上司を誑かすことに成功したようだ。

悪魔の微笑を、千晴はバルトロの肩口に零《こぼ》した。そうとも、このわたしにかかって思い通りにならない男などひとりもいない。これまでのように、きっとこれからも——。

ニコラ・カロッセロにかき乱され、熱を持った心が、みるみるまた凍りついてゆく感触に、千晴は昏い悦びを覚え、ひっそりと笑んだ。


香月千晴。もうずいぶんと長いこと書くことも名乗ることもしていないが、それが「フランシスコ・ハル神父」の本名だ。

もっとも、かづき、の「づ」と、ちはる、の「ち」はどちらも英語を母語にする人々にはきわめて発音しづらい音だから、神父にならずとも、千晴はいずれ「ハル」と呼ばれるようになっただろう。

ただ移民一世の両親を持つ千晴は、幼少期、ほとんど日本語で生活していたし、当時のガスコの日系人街は故国の一部を切り取って持ってきたように日本《にほん》そのままの社会だったから、千晴はごく自然な発音で「ちはる」と呼ばれて育った。

千晴には姉が三人いた。今も当時も日系移民に多いクリーニング業を営む両親の、四人目の子だった。千晴という名がやや女性的なのは、ようやく生まれた男子が早々に死なないよう、故国の古いしきたりに従って、父母が願を掛けたからだという。もっとも真相は、女児ばかり三人続いたために、おそらく次も女の子だろうと勝手に決め込み、女名しか考えていなかったからではないかと、千晴自身は少し疑っている。

クリーニング店はかなり繁盛していて、両親はいつも忙しそうにしており、見かねた年長の姉たちは学校の合間に家業を手伝い始め、一番下の姉が千晴の面倒を見ていた。労働ばかりの慌ただしい毎日だったが、千晴がいまだ見たことのない彼らの父祖の国は、資源に恵まれない小さな島国で、両親は一旗揚げようという野心からではなく、ひたすら貧しさから逃れるために合衆国《ステイツ》へ渡ってきたらしいので、裕福とは言えないまでも食うに困らない日々の暮らしは、香月家にとって充分な成功と言えた。

両親は幸せそうだった。千晴も幸せだった。悩みと言えば、千晴がそこいらの女の子よりもずっと色白でかわいらしいことを理由に、三人の姉たちに時々、やっかみ半分の意地悪をされることくらいだった。

働き者の両親に子どもが四人の暮らしは、平穏だった。千晴がそろそろ小学校を終えようかという年齢になるまでは。

千晴がひとりぼっちになったのは、両親が最初の店を雇い人に任せて、二店舗目を立ち上げた直後のことだ。

最初に火が出たのは、クリーニング店に隣接してあった古いカフェ・バールだった。イタリア系の洒落《しゃれ》者な髭《ひげ》親父がバリスタをしている評判の悪くない店で、明らかにギャングらしき剣呑《けんのん》な男から、黒い修道着をまとった世捨て人のような雰囲気の修道僧までが、黙々とエスプレッソを飲みに通ってきた。煙草の煙が立ち込める、大人の男でなければうかつに出入りもできないような渋い雰囲気を、千晴は憶えている。

失火ではなかった。小規模ながら、明らかに人為的な爆発が起こったことが、後に証言され、新聞記事にもなった。

当日の、千晴の記憶はあいまいだ。両親と三人の姉が逃げ遅れて火に巻かれるさまを店外から茫然と見ていたような気もするし、爆発で吹き飛ばされ、誰かに必死に介抱されていたような気もする。あるいは、その両方だったかもしれない。前後関係はわからないが。

平穏な街の平穏なカフェ・バールに、昼日中、ダイナマイトが投げ込まれた理由は、店の地下に闇酒場と賭博場があったからだ――と千晴が知ったのは、バルトロと寝るようになってからだ。いわゆる寝物語《ピロートーク》。

情事のあとのバルトロはよくしゃべった。おそらく成長と共に段々自我が目覚め始めた千晴を繋ぎ止めるために、千晴の関心を引きそうな話題をサーヴィスしたのだろう。

ギャングの掟は沈黙の掟。口が軽い者に長い寿命はない。

神父であろうと司教であろうと、身内の秘密を洩《も》らせば、誰の目にもこいつが裏切り者だとわかるような残虐な殺され方をされるかもしれないというのに、まるでそんなことなど忘れたかのように、バルトロは普段つきあいのあるギャングから聞きかじった話を暴露しまくった。人間が――ことに男が、体を重ねた相手にどれほど口が軽くなるか。そして自分の美貌にどれほどの威力があるかを、千晴はこの経験で知った。

当時、バールの地下は、ガスコの支配権を巡ってカロッセロと対立関係にあったロッサ系のあるギャング団と繋がりがあり、常にガスコの利権をつけ狙うロッサ・ギャングたちの前線基地になっていたのだ――と、バルトロは言った。

バリスタの髭親父は、人のよさそうな顔の下に、とんでもない正体を隠していたわけである。そして髭親父とその店がロッサ・ギャング団の手先であることは、実は裏社会では公然の秘密で、当然カロッセロ一家にも地下の存在はとうに知られていたというから、つくづくギャングの世界というのは魑魅魍魎《ちみもうりょう》の巣窟だ。

あるいはカロッセロは、最初は髭親父たちを見逃し、適当に肥え太ったところでその上がりごと頂くつもりだったのかもしれない。だが、ロッサ・ギャングのやり口は巧妙で、バールの地下は次第にカロッセロ一家の利権を蚕食《さんしょく》し始めた。両家の抗争が表面化し始め、店の周囲は次第に不穏な空気になり、機を見るに敏な住民たちの退去が相次いでいたが、千晴の両親はそんなことなど何も知らず、ただ家賃が安いからと入居を決め、そして抗争のとばっちりを受けた――というのが、後日千晴が知った真相だ。

しかし白昼、ダイナマイトで街中の店を爆破するなど、カロッセロ・ギャング団の誰が、そんな命知らずな鉄砲玉となったのかは、ついにわからないままだった。そして今日まで、カロッセロの誰ひとりとして、この事件で咎めを受けた者はいない。

だがドン、ジェラルド・カロッセロ——例のニコラの父親だ——が、襲撃命令を下したことは確かだ。なぜなら、巻き込まれて家族全員を失った千晴に、後日そのドン自らが、かなりの金額の援助を申し出てきたからだ。それも、十数年に渡り、何度も。

表向きは、ひとり残された孤児を哀れんでの寄付を装っていたが、それは明らかに、自分が命じたことで何ら関係のない市民一家が死んだことへの、後ろめたさからの申し出だった。

あまりにも身勝手だ、と千晴は思った。自分で殺せと命じておきながら、その規模が想像を超えると、途端に良心の呵責に襲われ、救いを求めて償いをしようとするなど。両親と三人の姉の命を返してもらう以外に、千晴の心が癒される方法などあるわけもないのに——……。

——ギャングの金など、一セントたりとも受け取りたくない。絶対に受け取るものか。

意地を張るな、と受け取りを勧める弁護士の言葉を、千晴はにべもなく突っぱね、養護院から神学校に入った。両親は死の直前に二店舗目の出店で貯金をほとんど使い果たしていて遺産らしきものは何もなく、カロッセロからの金銭の受け取りも拒んだ千晴には、他に教育を受けるすべがなかったからだ。

神など、最初から信じていなかった。家族を一瞬にして失い、信頼すべき師父に犯されて、どうしてそんなものを信じることができるだろう。

千晴を支えたのは、復讐への一念だ。

――カロッセロ一家に破滅を。

それだけが、神を見失い、体すらも汚れた神父の、ただひとつの望みだった。

◇　◇

「お、お帰りなさいませニコラさま」

夕刻、ドン・ジェラルドの下の息子であるニコラが、華麗かつモダンなカロッセロ邸の玄関に戻ってきた時、執事のササキは息が止まるほど驚いた。いつもは出迎えにも「ん」としか答えない、下手をすると無言のまま視線も寄越さないこともあるニコラが、ササキを抱擁して頬にチュッとキスまでしてきたのだ。ササキは長年カロッセロ家に仕える日系の老人で、ニコラとの年齢差は祖父と孫ほどもある。そのササキをして、こんなにも機嫌のいいニコラを見るのは、この青年がごく幼い頃以来だ。

「戻ったよ、ササキ」

濃い金色の髪に、鬱然とした飴色の目。とびきりの美男でありながら、常に気だるく憂いの気配を漂わせたニコラが、今日は何やら弾《はず》むような足取りだ。主人一家のプライベートに立ち入るべきでない、と自制しつつも、ササキは尋ねずにはいられなかった。

「今日は、何かいいことがおありでしたか」

「まあな」

返事はいつも通り短い。だが中折れ帽子を取ってササキに渡すその仕草からも、楽しげな空気が隠しようもなく漂い出ている。

ニコラに続いて玄関をくぐった長顎のテオは、対照的にぐったりと疲れた様子だ。ササキが、何があった、と視線で問うと、テオはあとで説明するぜ、とでも言いたげに肩を竦めた。その手には、無残にも踏みつぶされて蓋のへこんだ古いトランクと、砂ぼこりまみれの黒帽子という謎《なぞ》のアイテムがぶら提げられている。本当に、何があったのだろう。

「シニョール・ニコラ。こんなボロトランク、わざわざ持ち帰って、いったいどうなさるおつもりで？」

「決まっている。修理させるんだ。腕のいい職人を探して三日でやらせろ。ああ、帽子もクリーニングさせておけよ」

ササキに背後からキャメル色のコートを脱がせてもらいながらのニコラの命令に、テオが呆れた顔になる。

「修理？　新しいのを買ってくれてやったほうがいいんじゃないですかね？　こっちの帽子もそうですが、だいぶ年季の入った代物ですぜ、これ」

これはテオの言う通りで、その手に提げられたトランクらしきものは「残骸」としか言いようのない有様で、かろうじて形の残っている部分も、革が古びて傷み、色が抜けてしまっている。

だがニコラは幼少期からのお守り役の抗弁を容《い》れなかった。

「何を言っている。金にあかせた新品なんぞ、あの強情そうな神父さまが受け取るはずがないだろう。にべもなく突っ返されるに決まっている。その点、愛着のあるお品を丁寧に修理したものなら、たぶん躊躇《ちゅうちょ》なく受け取ってもらえるだろうし、こちらの誠意も示せるってものだ」

「誠意ねぇ……」

テオは、ギャングが何を言っているんだか、という顔で肩を竦めつつ、ホールを出て行った。一方、ふたりの会話に登場した「神父さま」という単語に、ササキはぴくりと反応する。

――はて、ニコラさまは今まであまり信心には熱心でいらっしゃらなかったのに……。

思わず、首をひねる。

ギャングの総領家でありながら――いや、だからこそというべきか。カロッセロ家は代々信心家揃いで、広大な屋敷の一角にはプライベートチャーチを設け、教会には巨額の寄付を欠かさず、聖職者たちとのつきあいも深い。当主のドン・ジェラルドなどは、毎月ガスコ教区の司教をディナーに招き、その都度長時間罪の告白を聞いてもらっているほどだ。そうしてひと月分の罪を清めているのだと。

日頃ギャングとしてどれほど切った張ったの生活をしていようと、神と教会に縋って告解さえすれば赦される――とは、日系人のササキからすれば不思議な感覚だが、カトリックの総本山を父祖の地とするカロッセロ家にとっては、先祖伝来の、ごく当たり前のことらしい。

だがさすがに若いだけあって、ニコラは――ニコラとその兄より若い世代はまだ生まれていないから、カロッセロ家では今のところニコラが最年少だ――父親のドン・ジェラルドのところに定期的に寄付をねだりにくるバルトロ司教を、子どもの頃から「あのなまぐさ坊主」と呼んで毛嫌いし、家に訪ねてきても近づこうともしなかった。

——そんなお方が……「神父さま」？

いったい何があったのやら、と受け取ったコートを手に首をひねっていると、ニコラは何と、鼻歌を歌いながら吹き抜けに設けられた階段を上り始めた。（もしや銀行強盗にでも成功したのか——？）と疑いたくなるような上機嫌で、足取りはまるで踊るようだ。

「危のうございますよ、ニコラさま……！」

「落ちやしないさ。足でも折ったら教会に行けないからな。ヒャッホウ！」

教会に行く——？　このお方が……？　と驚いたササキが思わずニコラを凝視した、その時。

「やけに景気がよさそうだな、ニコラ」

頭上から、冷水をバケツでかけるような声がした。

玄関ホールを見下ろす二階の回廊から、ひとりの男が気取った仕草で半身を乗り出している。

「……ディーノ……」

見上げた途端にニコラは、他人に瘡蓋《かさぶた》を毟《むし》り取られたような顔になる。ササキも、ああ、また始まるのか……と落胆を感じた。

せっかく、いつもどこか憂鬱そうなニコラが、楽しげに帰宅したというのに——。

黒々とした髪に多量の整髪料を馴染ませ、浅黒い肌に白い前歯を光らせた二階の男は、ニコラの兄で、当主ドン・ジェラルドの嫡男ディーノ。外見があまり似ていないのと、兄弟にしては年齢が離れているのは、母親が違うためだ。ディーノの母は早くに亡くなり、十年ほど間を空けて、若い後妻がこの家の主婦の座に納まり、ニコラを産んだ。

ドン・ジェラルドには似ても似つかぬ、美しい金髪の子を——だ。

「いっつも世を拗《す》ねた顔してやがるくせに、今日に限って何をそう浮かれてやがる。ロッサの年増のアソコでも見やがったのか、ああ？」

ロッサの年増、とは、先代ドンの未亡人にしてギャング団のゴッドマザーであるアデーレのことである。武闘派だった先代ほど派手なやり口ではないにしろ、ガスコの利権を虎視眈々《こしたんたん》と狙ってあの手この手を仕掛けてくるので、カロッセロ一家内では嫌われること蛇蝎《だかつ》の如《ごと》くだ。

「女に不自由してんのはあんたのほうだろ、お兄さま。売春宿に入り浸っちゃ上玉を何日も独占して、その間、客から入るはずの上がりをフイにされちまうって、支配人が嘆いてたぜ」

「別にずっと相手をしろと強制したわけじゃねぇ。経営者に巻き上げられずに済むチップをちょっと弾んでやって、あとは俺の精力で夢中にさせりゃ、そりゃ他の客の相手なんぞする気にもならなくなる。男の甲斐性ってものさ」

ディーノはうそぶく。その目を見て、ははん、とニコラは気づいた。

「もう飲んでるのか」

軽蔑を込めて問う異母弟に、「それがどうした」と吐き捨て、ディーノは酒臭い息を漏らす。この異母兄は何か面白くないことがあると酒に手を伸ばす。おおかた、売春宿に入り浸っているところを父の命令で連れ戻されたのだろう。いつものことだ。

「ウィスキーには、まだ時間が早すぎるぜ」

ギャングにとっては絶好の闇商売のタネだとはいえ、世は禁酒法の時代だ。カロッセロの嫡男が日のあるうちから酒の匂いをさせていては、世間の評判に響く——ニコラはそう言いたかったのだが。

「ふん、ギャングが何言ってやがる」

酒の力で気が大きくなっているディーノは聞き入れない。

「商売女を抱くなだの酒を飲むなだの、カロッセロ家の人間が、坊主がするみたいな説教するんじゃねぇよ。どうせ今までさんざ血にまみれてきた家じゃねぇか」

「ディーノ、血にまみれてきたからこそ親父は人一倍家名を重んじているんだ。それを跡取りのあんたが台無しにしてどうする」

「ふん、親父みてぇな寝取られ男に、今さら何の名誉がある」

「……黙れ」

ニコラは声を低くした。ディーノはにやりと笑う。

「俺だったら、どんなに酒が入っていようが、手前ェの女を誰ぞに寝取られたりしねぇ。ましてどこの馬の骨ともつかん男のタネを孕《はら》まされるなんて間抜けなことは」

「黙れ！」

「おや、何で怒るんだ。ええ？　かわいいかわいいニコラちゃん。親父は黒髪。おふくろも黒髪。その金髪は誰に似た？　そのミルク色の頬っぺたは――」

「黙れと言っているんだ！」

ニコラは飛ぶように階段を駆け上り、異母兄の胸倉に摑みかかった。

「ニコラさま！」

ササキが慌てて、制止するために駆け上がる。だがすでに老齢の執事に、壮年と青年の男の摑み合いを引き剝がす腕力などない。

「みんな来てくれ！　ご兄弟をお止めするんだ！」

たちまち、数人の若い男が飛び出してくる。カロッセロ邸の使用人たちは、みな兄弟喧嘩《げんか》には慣れているのだ。悪戦苦闘しながらも、どうにか数の力で兄弟を引き剝がす。

「離せ！　離せと言っている！」

三人がかりで羽交い絞めにされているニコラは、その三人を引きずる勢いでまだ暴れている。対してディーノのほうは、殴りかかられた頰を腫らしながらも、使用人に「下がれ」と命じる余裕ぶりだ。その姿には、自分こそがこの家の嫡男だという自負、そして腹違いの弟を徹底的に見下す権高さがある。

ニコラはそんな兄に向かって喚く。

「撤回しろディーノ！　俺はおふくろの不義の子なんかじゃない。まちがいなくカロッセロのドン・

ジェラルドの子だ！　親父の次男坊だ！」

ニコラにもわかっているのだ。この異母兄は、この件に触れればニコラは必ず激昂《げっこう》すると知っているのだ。知っていて、わざわざ古傷を抉《えぐ》ろうとするのだ。だがそれでも、ニコラは喚かずにいられない。

「俺は私生児じゃない、まちがいでできた子どもなんかじゃない！　親父は俺を――……！」

「何の騒ぎだ」

重々しい声がした。ディーノとニコラ、そしてササキを始めとする兄弟を引き分けていた者たちが一斉に、ぴたりと動きを止める。

「旦那さま――……」

ギャングではないササキは、廊下の奥から現れたドン・ジェラルドをそう呼ぶ。見るからに仕立てのいいスーツも、職人に作らせた革靴もぴたりと似合い、重厚感を漂わせるジェラルドは、確かに、ササキのような熟練した執事の主人に相応しかった。

「ディーノ、ニコラ、お前たちはまた兄弟喧嘩か。いい加減にしろ」

「違う親父！　ディーノが俺の名誉を汚したんだ！」

名誉。それはギャングの男たちが時に命より重んじるものだ。それが懸かった場合、彼らは血を流すことをためらわない。長くカロッセロ家の歴史に関わってきたササキは、その場面に何度も遭遇してきた。まだ執事に昇進する以前、このホールの大理石の床に飛び散った血を、自らの手で洗い流し

たこともある――。

「ディーノ、お前ニコラに何を言った」

「なあに、親父。いつものこいつの被害妄想さ」

ディーノがしゃあしゃあと告げる。

「俺はただ、こいつの髪と瞳の色が親父に似ていないと言っただけだ。それをこのいじけ虫め、勝手に解釈して勝手に傷ついて――」

ニコラは容赦しなかった。異母兄のよくしゃべる口元を、思い切り拳で殴ろうとした。

「ニコラ！」

だが次の瞬間、ニコラの体は突進を封じられた。脇から父ジェラルドが、老人とは思えない力で手首を摑んで止めたのだ。

「よさんか、ニコラ」

「親父、でも――……！」

「……お前はまた、あの時と同じ過ちを犯すつもりか」

ジェラルドの低い囁きに、ニコラの体から力が抜ける。

「あの時、わしはお前がしでかしたことを揉み消してやった代わりに、重々言い聞かせただろう。お前はカロッセロ家の息子だ。軽率に粗暴な振る舞いをするな、と」

「……っ」

息子。

その言葉が、ニコラの口を閉ざさせた。傍らで見ているササキには、その心情が痛いほどわかる。

――親父は俺を息子と呼んでくれる。だが、それは「カロッセロ家の子」としてだ。自分の息子としてではない――……。

ハハハ、と哄笑《こうしょう》。

「淫乱の息子《サノヴァビッチ》！」

ディーノが、喧嘩の際のお決まりの悪罵を吐く。それをニコラが、飴色の目で睨《にら》みつける。

いつも通りの、昏く淀《よど》んだ目で。

愛に飢えている目で――。

「ニコラさま……」

さっ、と身を翻して自室へ向かうニコラの背を見送りつつ、ササキは痛ましさに顔を歪めた。

とうに成人した男が、不義の子と呼ばれて単純に激昂するさまは、確かに子どもっぽいかもしれない。だが人は幾つになっても親の愛を欲しがる。親との確かな繋がりを欲する。それを誰が責められるだろう。

哀れなお方だ――。

幸い、今日は血の汚れを拭わずに済んだホールで、ササキは首を振った。

ニコラがカロッセロ邸にある秘密の地下倉庫からダイナマイトを持ち出したのは、確か八歳になったばかりの頃だ。

言っておくが、いくらギャングの総領家でも、普段からカロッセロ邸にそんな物騒なものが貯蔵されているわけではない。普段ある武器は、せいぜい、父ドン・ジェラルドの寝室のチェストにあるものと、護衛に詰めている構成員《モッブ》たちが所持している護身用の拳銃くらいだ。

ただ、その頃はガスコに触手を伸ばしてきたロッサ・ギャング団との抗争が激化している最中だったから、父ジェラルドも何か胸に期するものがあったのだろう。家じゅうに満ちる緊迫した空気を、ニコラははっきりと記憶している。

もちろん、父はまだ子どもだったニコラに、ギャング同士の抗争のことなど、わざわざ知らせたわけではない。むしろこの時期、父はニコラを自分のそばからなるべく遠ざけ、何も知らせまいとしていた。部下の構成員がそばにいる時、『お父さん！』と慕い寄って行くと、『寄るな！』と叱りつけられ、ササキに慰められながら自室に引き上げたこともある。

当時、ニコラはまだ若かった産みの母を、胸の病で急に亡くしたばかりだった。その上、半分しか血の繋がりのない兄ディーノは、継母が消えて歯止めがなくなったのか、異母弟を公然と「お前はよその男の子どもだ」といじめるようになり、父はそんな兄を叱ってはくれたものの、なぜかそれをはっきりと否定はしてくれず、ニコラは孤独だった。だから何とか父のそばにいたくて、こっそりとその書斎に忍び込み、カーテンの陰に隠れていたのだ。

——あの店だ。カルナヴ通りの……。

父が葉巻をくゆらせながら店名を告げる声に、ニコラは体を小さく竦めた。

——あの店がロッサ・ギャングどもの出先になっていることは明らかなんだ。あそこさえ潰せば、当面、ロッサの連中はこちらに手を出せなくなる。何とか手を打て。

——はい、しかし……あの店はいつもカタギの客が……。ロッサのギャングだけを始末するのは、至難の業かと……。

ちっ、と舌打ちの音。

——ええい、面倒だな。普通のアジトならダイナマイト一本でカタがつくものを……。

ジェラルドは苛立っていた。諸事慎重な彼にしては珍しいことだった。よほどガスコに食い込んでくるロッサ・ギャング団の存在が目障りだったのだろう。

(お父さん、困ってる)

ニコラはカーテンの陰で思った。

(カルナヴ通りの『あの店』をどうすることもできなくて、困ってる……)

もし、ぼくが「あの店」を、どうにかしてあげたら……と、ニコラは膝小僧を抱えて想像を巡らせた。大柄で強面《こわもて》な構成員たちと違って、子どものぼくならロッサ・ギャングの連中にも警戒されずに店の近くまで行ける。うまくすれば店の中にも潜り込めるだろう。そうすれば……そうすれば、きっと、お父さんはぼくを褒めてくれる。「さすがはわしの息子」と言ってくれるかもしれない。

――お前は、わしの息子だ……。

そう告げるやさしい声を思い浮かべ、甘美な想像に浸りつつ、ニコラは震える腕で両膝を抱きしめた。

ダイナマイト一本あればカタがつく。

父の言葉が、焼きつくように脳裏に残った。

子どもの世界は、大人が想像するよりもずっと広く、奥深い。今、地下倉庫にダイナマイトがあることも、そこに通じる換気口の鉄格子が一本、簡単に外れるようになっていることも、その鉄格子を取れば、子どもならばぎりぎり体を捩《ねじ》り入れられる空間ができることも、小さなニコラは知っていた。

そして――……。

「ニコラさま」

コンコン、とノックの音。やさしく、遠慮がちにドアの外から呼びかけてくる声は、ササキのものだ。

ニコラは自分が、スーツ姿のままベッドにうつ伏せ、眠っていたことを知った。頬に残る感触は、涙が流れた痕だ。どうやら、あれから泣きながら眠ってしまったらしい――……。

(子どもじゃあるまいし……)

俺だって、もういい年の大人なのに、いつまでもこんな……と恥ずかしさを感じつつ、枕元の水差しの水をハンカチに垂らして、慌てて顔を拭う。それから、「入れ」と告げると、ササキは盆にスープとパニーニを載せたものを捧げ持ちながら、ドアを開いた。

「お夜食をお持ちしましたが、お召しあがりになりますか？」

「……ああ」

ササキは、こんな夜はニコラがディナーに出てこないことを知っている。まだ夜食というほどの時間ではないのに、拗ねているニコラの体面を傷つけないよう、そう名目をつけて軽食を持ってくるのだ。

（子どもの頃は、蜂蜜をたっぷりかけたパンケーキを持ってきてくれたな……）

たぶん、泣いて拗ねている子どもを宥めるには、甘いものを食べさせるのが一番手っ取り早かったからだろうが、苦いエスプレッソを飲めるようになった今も、ニコラはササキの顔を見ると反射的に温めた蜂蜜の濃い匂いを思い出す。

あの事件の時は、どうだっただろう。カルナヴ通りの店が吹き飛んだあと、確かドン・ジェラルドは、まだ小さい息子がしでかした大それた事態に動揺し、とりあえず自室から出るなと命じたはずだ。そのあたりの記憶はあいまいになっていて、ササキが食事を運んできてくれたかどうか、よく憶えていない。でもきっと、こんな風に穏やかな微笑みを浮かべて、おいしいものを用意してくれたに違いない――……。

「今日は、どんなよいことがおありだったのですか？」

コポポ、とコーヒーを注ぐ音。

「ん？」

「たいそう、ご機嫌でお帰りでした」

ササキがこんなにも立ち入ったことを聞いてくるのは珍しい。きっと失意と口惜しさのどん底に落ちかけているニコラの気分を、少しでも引っ張り上げてやろうという配慮だろう。

「ああ……」

ササキがサーブしてくれるコーヒーの香りを嗅ぎながら、ニコラはやっと不愉快な気分を離れ、遠い記憶を手繰り寄せるように、出会ったばかりの若い――と言っても、自分より年上らしいが――神父の顔を思い浮かべた。

（あれ……？）

妙に、気分がいい。ついさっきまで悔しさに泣いていたのに。

驚いた。あの美貌の神父の面影は、これまでのニコラの人生にべったりと付きまとって離れなかった劣等感や孤独を、あっさりと、まるでなかったかのように消し去るほどの幸福感をもたらしたのだ。

あの、煤煙臭いガスコ中央駅での緊迫した場面、身代わりに人質になろうと申し出た横顔を、ニコラは人垣越しに凝視していた。

彼を見た瞬間の衝撃を、何と表現したらよいのだろう。とにかく、世界でもっとも美しいものを見たと思った。

見も知らぬ母子のために我が身を差し出そうとする人間など、本当にいるのかと、目を瞠った。石を投げればギャングかチンピラに当たるようなこのガスコに、天使が降臨したのかと。

煤《すす》に汚れた鉄骨組みの天井から降り注ぐ光が、神の国からのそれに見えた——。

そして、たまらなく欲しいものが目の前に現れると、誰が止める暇もなく暴走してしまうのが、ニコラの悪い癖だ。矢も盾もたまらず発砲し、神父を助けた。そしてそのまま攫うように連れ去った。

攫って、どうこうしようとしたわけではない。まあ少なくとも、あの時は。

ただこの街に不案内であろう彼を、新しい赴任先であるガスコ大聖堂《カテドラル》まで送り届ければ、きっと感謝されるに違いないと思ったのだ。感謝！　今思えばお笑い草だ。ギャング一家の御曹司が、そんなものを欲しがるなんて！

だが自分自身を嗤うよりも先に、ニコラは鮮やかにハル神父に逃げられてしまった。走る車から身を投げられた時は、本当に心臓が止まった気がした。

何てことをするのだ。減速していたとはいえ、命知らずにもほどがある。駅での出来事といい、この年上の美しい人は、聖職者のくせに、まるで命を捨てたがっているかのようだ。美しいのに脆くて危険で、目が離せない。あれほど痛烈に拒絶されたのに、どうしても憎いと思えない。それどころか、心臓が裏返るほど驚かされたことが、愉快でたまらなくて——……。

困ったな、と考えつつ、ニコラはニマニマと笑ってしまう。困ったな、どうやら惚れてしまったようだ。神父など、茹《ゆ》ですぎたグリーンピースよりも嫌いだったのに。

「参ったなぁ……」

呟きつつ、急に笑顔になったニコラを見て、ササキが安堵《あんど》の表情を浮かべている。よかった、ご機嫌が直ったようだ――というところだろう。

（もう今夜は、親父や兄貴のことを思い煩うのはやめよう）

不思議に、ニコラはあっさりとそう気持ちを切り替えることができた。いつもは、家族間の揉め事が起こると、いつまでもぐずぐずと腸《はらわた》が煮え続けるのに。

（あのトランクが直ったら――）

そうしたら、あの人に会いに行こう。

教会は、基本的に信者の来訪を拒まない。参詣者としてなら、きっと会えるはずだ――……。

心愉《たの》しい気分で、ニコラは目を閉じた。

＊　＊

眠りこけるバルトロの腕を押しのけ、千晴はベッドから降り立った。そして窓を開けて夜空を見上げる。

昼間のガスコの空は、大都会らしく煤煙がうっすらとかかっていたが、チンピラもギャングも売春婦たちも息をひそめる時刻にはそれも幾分か晴れ、星が見えていた。

「カロッセロ一家――……」

わたしの家族の仇《かたき》。

やっと、ここまで来た。その懐に飛び込むまで、あと一歩だ――。

夜の帳《とばり》が、それと知らぬまま残酷な過去で結ばれたふたりの頭上を、そっと包み込んだ。

＊　＊

◇　◇

聖堂の頭上高くから、きらきらと降り注ぐ光。

先ほどからずっと背中に感じている視線を、千晴はまったく無視している。

地元にはびこるギャングと昵懇であろうが、長である司教が男好きであろうが、信徒たちが百年以上もこつこつと寄進し続けた資金で建てられたガスコ大聖堂《カテドラル》は、神の御堂に相応しく美しい建物だ。回廊や会堂などの各所に配置されたステンドグラスも華麗だが、特に圧巻は祭壇上の薔薇《ばら》窓だ。意匠はどれもこれも、ガスコがかつて内陸の湧水地であったことにちなみ、水色と緑の組み合わせで統一されている。水辺に憩う動物たちの姿がはめ込まれているのも、他にはない特徴だ。

ガスコ教区へ赴任してまだ一週間ほどの千晴は、その薔薇窓の映える祭壇で、花を活《い》けていた。

ぱちん。

ぱちん……と、花ばさみが鳴る。

そろそろ、声をかけてくるか――。

先ほど、ぎい、と正面脇のドアが開く音がした瞬間、何やら急《せ》いた様子で聖堂に入ってきた男がニコラ・カロッセロだと確認したきり、千晴はそちらに目をやっていない。御曹司として育ったこの男は、他人から無視されることに慣れていないだろう。いずれ彼のほうから近づいてくる。それまではせいぜい焦らしてやれ――。

「初めて見た時も思ったが――」

ぱちん。

「綺麗な髪だな。真っ黒の真っ直ぐだ」

つむじの真後ろから、男の声と息遣いが聞こえる。

「――いきなり人の真後ろに立つものじゃありませんよ」

呆れた。近づいてくるだろうとは思っていたが、まさかこうまであからさまな距離にまでとは、さすがに予想していなかった。

「いいじゃないか。もうまんざら知らない仲でもないだろう？　美しい神父さま」

馴れ馴れしく絡んでくる男に、千晴は眉を顰《ひそ》めた。

「美しいと言われるのは嫌ではありませんが、心当たりのない関係を言い立てられるのは不快です。……いつあなたと親しくなどなりました？」

「つれないところも嫌いじゃないぜ」

「人の話を聞かないんですね」

ぱちん。

「あいにくと聞き分けのいいギャングなんてものはこの世に存在しなくてな……ところで、さっきから熱心にやっているそれは？」

ぱちん。

「主に捧げる花を活けています。明日は安息日のミサですので」

「今までの神父さまは、そんなことはやっていなかったぞ？」

「でしょうね」

元来、生け花は日本で仏教僧が始めたものだ。キリスト教聖職者がやっている例を、千晴自身も他に知らない。

「わたしも、きちんと習ったわけではありません。母が娘時代に習っていたのを、横から見ていただけで……」

「あんた身内がいるのか。今はどこに？」

――しまった。

うっかりと口を滑らせ、動揺した千晴は、ぱちん、と切ってはいけない花の首を落としてしまった。

腰を屈めて薔薇を拾うそのわずかな間に、何食わぬ顔つきを作り上げる。

「もういません。聖職者になった時点で、縁は切れました」

「そんな」

そんなことが、簡単にできるものなのか、とニコラは理解できないという風で肩を竦める。

「家族は、自分自身だぜ。自分の体とひと続きだ。俺はそう教えられたし、それは正解だと思ってる。かけがえのない自分の血肉を切り捨ててまで清い生活をしたいなんて気持ち、俺には理解できないね」

（その）

千晴は、花ばさみを持つ手を震わせた。

（その、かけがえのない家族を、わたしから奪ったのは――……）

すべての計画が水泡に帰してもいい。この男に、わたしの家族を死なせたのはお前の父親なのだと、大声で真実を叩きつけてやりたい。だがニコラの声が、沸騰しかけた感情に冷水を差した。

「……うちは男ばかり三人家族でね。親父と兄貴と俺と」

「……」

いきなり何の話だ、と思った千晴は、ついニコラに無意識の流し目をくれてしまった。ニコラがぱっと子どものように嬉《うれ》しげな顔をするのがわかる。

「兄貴と俺は母親が違うから、兄弟としちゃ年が離れてるし、外見も似ていない。兄貴は親父の先妻の子で、俺は後妻の子だ。だがどっちの母親ももう、この世にいない。親父は女房運が悪くてね。俺のおふくろを亡くしてからは、すっかり男やもめを決め込んでるよ。兄貴が結婚すりゃ多少女っ気も増えると親父は期待しているが、ディーノはちょっと癖が悪くて、商売女以外には嫌われちまって
……」

「何をおっしゃりたいのですか、あなたは」

「つまりその……安息日の夜、うちにメシを食いに来ないかってことだ」

ディナーに招待する、ということだ。ニコラは中折れ帽を頭から取ったり、またかぶったりし、落ち着かなげに千晴の顔色を窺っている。

「……バルトロ司教にくっついて？」

千晴は怪訝《けげん》そうに尋ね返す。司教が毎週のようにカロッセロ家のディナーに招かれていることは、ガスコでは知らぬ者とていない。だが一方で、ドン・ジェラルド・カロッセロは、バルトロ司教以外の聖職者に自宅のディナーの席を用意したことはないはずだ。そこに千晴が勝手に供をするなど、できるものか？　そう首を傾げる千晴に、ニコラは誇らしげに告げた。

「司教は親父の招待だ。それとは別に、あんたは俺が友人として招待するよ。ギャングの総領家内部がどんなものか、興味はないか？」

――ええ、ありますよ。とてもね……。

千晴は内心で呟いた。カロッセロの心臓部たる総領家に潜り込む。そのチャンスが、こんなにも早く――と思うと、つい心臓が高鳴る。

（落ち着け、うまく行きすぎだ。これ幸いと飛びつけば、不審を抱かれるかもしれない――）

会心の笑みを見せまい、と頬を引き締める。

「あなたの、わたしに対する不埒《ふらち》な興味が動機なら、軽々に応じることはできませんね」

千晴はつんと応え、また花のほうを向いた。あまりにつれない態度に、ニコラも鼻白んだように「そりゃ……」と肩を引いた。

「それにわたしは、ギャングは大嫌いなんです」

これは本当のことだ。それだけに言葉に真情がこもっていたのだろう。ニコラは顔を歪めた。

「……あんた」

「頼ってこられれば何人《なにびと》であろうとも迎え入れますが、自ら罪を悔いぬ者のところへ赴くことはありません」

すっ、と水盤に薔薇の茎を差して、千晴はニコラを突き放す。

ぱちん、ぱちん……と、はさみを使う音。

不意にその音が止《や》んだのは、ニコラの手が千晴の手をはさみごと摑んだからだ。

「危ない！　指が落ちますよ！」

日本式の花ばさみは、切れ味のよさが身上で、そこそこ太い木の枝も両断できる。人間の指くらい、その気になればさっくり切り落とせるだろう。

そう脅したのに、ニコラは不思議なことを言った。

「そうすりゃ、少しは俺を見てくれるか？」

「……え？」

「俺が血を流せば、あんたは俺を心配してくれるのか？　あんたの関心は、俺の血と引き換えに買えるのか？」

「……」

千晴は思わず、ニコラの顔を見つめて息を呑んだ。何だ、この青年は。つまり、多少の犠牲を払ってでも、わたしの関心が欲しいと？ そうまでして、わたしに自分を見てほしいと？

「……あなたとは、先日お会いしたばかりです、シニョール」

千晴はつい、嘘のつけない心境になり、素直に心の中の思いを口にした。

「そうだな」

「なのにこんなに執着される理由がわかりません」

青年の飴色の目を見つめつつ告げると、青年もまた、その目で千晴の黒い瞳を凝視してくる。

「俺にだって、わけがわからないさ」

花ばさみの刃の部分を握りしめたまま、ニコラは言った。熱のこもった声だ。

「どうしてこんなにあんたにそそられるのか——惹かれるのか、わけがわからない。あんたは男で、俺は今まで、まあそこそこ女が好きで、坊主は大嫌いで……好きになる要素なんかひとつもないはずなのに、あんたのこと考えるだけで、たまらない気分になるんだ、フランシスコ・ハル神父」

そう告げるニコラの掌《てのひら》の肉が、今にも花ばさみの刃に押し切られそうになっている。このままでは、本当に指一本くらい落としてしまいそうだ。

千晴は息を呑んだ。

背後から、青年のいかにも御曹司らしいコロンの香りと、清潔な体臭が漂ってくる。否応《いやおう》もなくそれを嗅ぎ取って、くらりとめまいがする。

何か——何かが違う。誑し込みが成功しつつあるのは確実だが、この若者を覆っている衝動の強さは、千晴の中の何ものかをも動かし始めている。逆波が船を揺らすように。少しずつ、事態が千晴の思惑から、大きく外れていっている——。

「……ッ！」

衝動的に、千晴はニコラの腕を振り払った。ニコラがウッと呻いて手を引く。花ばさみの刃が、その手のどこかを切ったようだった。

花ばさみが床に投げ出され、がしゃーん、と耳障りな音を立てる。千晴は身を翻し、飛びすさるようにニコラと距離を取った。

ニコラの手から流れ出た血が、しとしと、と石床に滴る。その音すらも聞こえるかのような静寂が、聖堂を支配する——。

——怪我をさせた。

途端にぎゅっと、千晴は胸が痛むのを感じた。大丈夫か、と思わず問いかけようとして、はっ、と顔を背ける。

——馬鹿な。どうしてわたしがこんな凶悪なギャングの心配など……。

——いいや、わたしはこの男を誘惑しなくてはならないのだから、心配するそぶりを見せるのは悪くはないはずだ。そのくらいのことは、どの男にもやってきたことじゃないか……。

——でも……。

一瞬、自分の立ち位置がわからなくなり、千晴は混乱する心のままに、その場から駆け去ろうとした。その背に、ニコラの声が響く。

「ハル神父！」

「……！」

「ハル神父、俺はあんたの大切なものを預かっている」

「大切なもの？」

思わず振り向いた千晴の視線の先で、ニコラが別物のように綺麗になった黒帽子を振っている。走行中の車から逃げた時、失くしたと思っていたものだ。

「それから、あのトランクだ」

「……！」

息が止まった。あのトランク。古いトランク。あれはもともと、両親がクリーニングの済んだ品物を顧客に配達するために使っていたもので、あの火事の時はたまたま配達先にあって、香月家の家財の中では唯一無事で千晴の手に残されたものだ。

「修理に出して、きのう戻ってきたんだがな、何度も自分で修理をしながら丁寧に使っていた形跡があると、職人が言っていた。大切な、思い出の品なんだろう？」

「シニョール、あなた……」

「今日は本当は、それを伝えにきたんだ」

悪童のように得意げなニコラの顔を、千晴は睨み返す。

——この男のところに、あのトランクが……。

反射的に、嫌だ、と思った。嫌だ、許せない。あの事件の時はまだ幼児だったであろうこの青年に、千晴の家族の死の責任があるわけではないとわかってはいるが、よりにもよってカロッセロの血縁者の手が、家族の形見であるあのトランクに触れるだなんて、とても心情的に許せるものではない——!

「トランクのほうは、安息日のディナーに来てくれたら、その時お返ししよう」

「ニコラ」

つまり、家に来なければ返さない、と——?

茫然としている千晴の手に、ふわり……と黒帽子が飛んでくる。

「来てくれるのを、楽しみにしている」

「……ッ……」

行かない、とは言わなかった千晴に、自身の勝利を悟ったのだろう。にやり、と悦に入った笑みをその場に残して、ニコラは立ち去った。

ぎい、と扉が開く音。それがぱたん、と閉じる音。

薔薇窓から差し込む光を額に受けながら、千晴は立ち尽くしている。

きりっ……と、唇を噛《か》む。

年下の生意気な男に対する憎らしさが、その心の中にふつふつと湧きあがった。


ニコラが教会を出ると、そこに乗用車が一台、停《と》まっていた。カロッセロ家には当主ジェラルドのものとは別にニコラ専用のリムジンがあり、運転手も専属で雇われているのだが、今日の車はそれではない。乗り込むと、運転席でハンドルを握っているのはテオだった。ニコラが後部座席に座るのと同時に、エンジンをかけたままだった車が発進する。

「告解は済ませたんですか？」

「いや……諸般の事情でな」

テオは意味不明な言い訳をするニコラにため息をつき、「いくらギャングでも」と説教を始めた。

「いくらギャングでも、教会では悪さをするもんじゃありませんよ、シニョール……あの神父さまにもね」

「そうだな、天罰覿面《てきめん》だ」

自嘲《じちょう》を漏らしながら、ニコラは掌を眺める。そう深い傷ではないが、痛い。傷を覆ったハンカチに、紅い染みがじわじわと広がっている。

「どうなさったんです、その傷」

「大したことじゃない。それより、例の親子はどうなった?」

「ええ、運転手を買収して、郊外の廃工場に車ごと拉致しました。しぶとかったが、認めましたよ。やっぱり、父親のほうはロッサの手先になってたそうです。息子は何も知らんと、まあ、父親はそう言ってますが——庇ってるんでしょうな。息子に手は出させまいと、必死でしたよ」

「……そうか」

ニコラは短く呟く。締め上げて吐かせろというニコラの命令に、部下たちは過不足なく応えたようだ。その際、裏切り者どもに対してどういう手段が使われたかは、ニコラの関知するところではないが、だいたい想像はつく。後味はよくないが、同情の余地はない。

「しかしこちらの下部組織を寝返らせようとするとは——ロッサの年増め、最近、露骨に触手を伸ばしてきますな」

テオがハンドルを操りながら、憎々しげに言った。

「息子に家を継がせるまでになるべく身代を太らせておきたいんだろう。今、確か十歳くらいだったか?」

カロッセロの長年の宿敵であるロッサ・ギャング団の女首領アデーレは、水商売あがりの後妻ながら先代の死後、混乱するギャング団を見事にまとめた女傑だ。多くの荒くれ者たちにゴッドマザーと仰がれ、ガスコへの進出策を指揮しつつ、まだ小さい息子をも育てているというのだから恐れ入る。

「母の一念というやつは怖ろしいですな」

「さぁ、俺にはあまり母親の思い出ってものがないから何とも言えんな。ところでロッサの手先になっていたのは奴らだけか？」

「それが、ちょっと妙なことを吐いたんですよ。アデーレは『近々、カロッセロ家の中枢部に近いところに新しく情報源ができるはずだから、そこからの連絡を待て』と言っていたそうです」

「……つまり？」

「カロッセロ家の近くに、アデーレが仕込んだもぐらがいるってことですよ」

重要な情報をさらりと口にして、テオは大きくハンドルを切った。

「それが誰かは？」

「知らん、の一点張りで。まだアデーレから聞いてもいないし、連絡とやらも受け取っていないと」

「親父に報告は」

「今頃、下っ端の者がカロッセロ邸に参上しているはずです。まあ、ドンのお命をどうこうしようというほどの度胸はなかったようですが、一応、身辺に気をつけてもらわなくちゃなりませんからね」

それから、スパイ狩りもしないと……とテオが憂鬱げに言う。それに対して、

「……気に入らんな」

ニコラは姿勢を変え、足を組み直した。

「前線でドンパチやる程度ならまだかわいげがあるが、親父の身近にスパイだと……？」

無意識に、コートの下に忍ばせた拳銃を確かめる。

そんなニコラを、運転席のテオがちらりと見た。ああ、これはヤバいことになるな、という顔だ。

父ジェラルドの身に危害を加えようとしている輩《やから》がいる。それを思うと、相手がアデーレであろうがなかろうが、ニコラは理性を失うほどに怒りが沸騰する。それは、あの八歳の頃から変わらない。

——親父を裏切ろうとする奴らは、困らせようとする奴らは、許さない……。

「シニョール、あなたのファザコン……いや、孝行息子ぶりは大したものだが」

こうなっては、たぶん言っても無駄だろうが、という口調で、テオが告げた。

「頼みますから、自重してくださいよ。流血沙汰はなるべく少なく済むに越したことはないんだ。なるべくね」

＊　＊

ガスコ郊外の廃工場で、凄惨な拷問を受けた末に銃殺されたふたつの遺体が発見されたのは、ニコラが千晴に会うために大聖堂を訪れた、その数日後のことである。

至近距離からの銃撃で、頭部が割れたメロンのようになっていた遺体は、なかなか身元がわからなかったが、やがてガスコ近隣の小さな街を仕切っていたカロッセロ下部組織の首領親子だということが判明し、その時点で、事実上捜査は打ち切られた。

ガスコでは、ギャングに関わる犯罪は捜査されない。

それが暗黙の了解となっていたからだ。

安息の日の朝、ニコラは、ミサに参加する群衆の中にまぎれて起立しながら、白い祭礼服姿の愛しい人を、ずっと目で追っていた。

しゃらん……しゃらん……と、鈴を鳴らすような音。彫金細工の壺《つぼ》を、数本の細い鎖で吊るしたそれからは、芳香と共に白煙が流れ出している。

振り香炉、である。

（今日も何て綺麗なんだ——あの髪、まるで黒絹のようだ……）

ニコラの視線の先で、ハル神父は、聖堂内を巡りつつ、手元の微妙な操作で香炉を右に左にゆっくりと振っている。ミサの前の清めの儀式だ。

ほぅ……と、フランシスコ・ハル神父を熱いまなざしで見つめる群衆から、ため息が漏れる。大理石の彫像のように神秘的なその姿は、彼が着任してからわずかひと月の間に、すっかりこのガスコ大聖堂の名物となっていた。

特に祝祭日でもない安息日の典礼《ミサ》としては、妙に女性の姿が多いような気がするのは、おそらくニコラの思い過ごしではないだろう。ストラをつけて威儀を正したバルトロも、献金額の多さにほくほくしているに違いない。

古い香炉を提げる神父の姿は、まさしく一幅の絵のようだ。大聖堂に大挙して押し寄せたご婦人方が熱視線を向けるのは、まあ、無理もない——が、男どもの中にまで、何やらうっとりと蕩《とろ》けそうな顔をしているのが散見されるのは、ニコラとしては甚《はなは》だ面白くない。

(こいつらを全員始末するには、懐にある分だけじゃ弾が足りないな……)

ひとり、ふたり、と物騒な人数勘定をしつつ、姿勢だけはしおらしく低頭する。その隣に起立している父のドン・ジェラルドは、何を思ってか突然一緒にミサに行くと言い出した次男を横目に見て、怪訝そうな顔だ。

もちろん、ニコラにとって、教会や神などどうでもいい。ただひたすら、愛しい神父の麗容をひと目見たいがためのミサ通いだ。

不純すぎる動機だが、ニコラはカロッセロの御曹司にして生粋のギャングだ。今さら不信心の罪のひとつやふたつ加算されたところで、これ以上咎めの重くなろうはずもない。つい先週も、情報を吐かせるだけ吐かせた下部組織の親子を、この手で屠《ほふ》ったばかりだ。

息子だけは助けてくれと懇願する父親の声。パパ、パパ、と呼ぶ若い息子の声。

銃声、硝煙、血の匂い——。

——さすがに、後味がいいわけでも、慣れているわけでもない。

朗々たるバルトロの祈禱《きとう》の声を聞きながら、ニコラはひとり、考えを巡らせる。

殺しをしておいて、気分がいいわけはない。だが父ジェラルドを裏切り、敵に通じた輩に、それ相応の報復をくれてやるのは、父の息子としての自分の義務だ。あの親子も、この世界の人間である以上、裏切りが露見すればどうなるかは覚悟していただろう。

それに、ああして派手に、見せつけるように始末しておけば、それ自体がロッサのアデーレへの牽《けん》制《せい》になる。あの年増女も、これで「気づかれている」と警戒心を強め、当面、ドン・ジェラルドの命までは狙わないだろう。カロッセロの中枢部に潜り込んでいるというもぐらも、しばらくは大人しく身をひそめているはずだ――。

無益な殺しではない。必要なことだったのだ。父の身を守るためには。そしてニコラが、父の子であるという証《あかし》を立てるためには――……。

項垂《うなだ》れて祈る人々の中で、ニコラは目を上げた。そして視線でまさぐるようにして、ハルの姿を探し求めた。今の自分にとって、神さま以上の救いである人を。

――美しい、天使のような人を……。

祭壇脇にいた彼と目が合ったのは、彼もまたニコラを見ていたからだろうか。

もしそうだったら、この上なく幸せなのに……。

そう願いつつ、にこり、と笑ってやると、美貌の日系人神父は驚いた表情を見せ、次に、つい、と目を逸らせた。

おや、照れている。

――何てことだろう。

ニコラはにまにまと脂下《やにさ》がりながら、あまりの幸福感に天を仰いだ。

何てことだろう。彼がこの俺を意識している。この俺を、特別に気になる存在として心に留めてくれている――。

讃美歌《さんびか》合唱のために鳴り響き始めたオルガンの音色を聴きながら、ニコラは若い胸を弾ませた。

日が暮れてから、ササキはにわかに緊張してきた。ディナー用の正装に着替えたニコラが、先ほどから玄関ホールと食堂の間を行きつ戻りつして、ひどく落ち着かない様子だからだ。御曹司の緊張が、ベテランの執事にまで感染してしまったのである。

「ニコラさま、落ち着かれてくださいませ」

ササキはやんわりニコラをたしなめた。ガスコ教区のトップであるバルトロ司教が、このカロッセロ家の客人になるのは毎週末のことだ。いつもは実に不承不承の顔でドン・ジェラルドの後ろに隠れ、出迎えの時にも客人とまったく言葉を交わさず、バルトロが帰るや否や、やれやれとばかり「あのクソ坊主がいるとメシがまずい」と放言してはばからないニコラなのに、どうして今夜に限ってこんなにそわそわしているのだろう。

「そのように落ち着かない態度でお出迎えしては、お客さまに余計な緊張を与えてしまいます」

ホスト側が浮き立っていては、充分なおもてなしなどできるものではない。接待に粗相が生じるのは、主人であるドン・ジェラルドの名誉、そして執事としてのササキの沽券《こけん》に関わることだ。

「ああ、うん」

だがニコラは、ササキに生返事をしてはホールを後にし、そして一分もしないうちにまた戻ってくるのだ。先ほど念入りに結び直していたタイも、またほどきかけている。どう間違っても不細工に見えようもない美青年が、壁にかかった鏡を覗き込んでは、気に入らなげに服だの髪だのを直している様子は、何とも滑稽《こっけい》で、そして微笑ましかった。

――まるで意中の女の子を初めてダンスに誘う十代の少年のようだ。

そう感じた自分の勘が正しかったことを、ササキはバルトロの来訪と共に知ることとなる。

バルトロのお供としてリムジンに同乗してきた日系人の若い助祭は、質素なキャソックに銀の十字架を提げただけの姿でありながら、何とも、匂うように美しい人だったからだ。

そう、まさしく、美女も裸足で逃げ出すほどの。

(これは……)

頰の横で切り揃えた、市松人形のような艶やかな黒髪。うっすらと血潮色を帯びた白桃の頰。びっしりと黒い睫毛が縁取る、切れ長の一重――。

常にアルコールでふらふらしているディーノが、その姿を見た瞬間、目が覚めたように首をもたげ、ヒュウ、と口笛を吹いたほどだ。

「あんたが噂の美形すぎる神父か。なるほど、こいつは……」

舌なめずりする異母兄の爪先を、ニコラが無言で、ぎゅっ、と踏みしめる。そしてディーノが呻き声を上げるより早く前に進み出てきたニコラを見て、バルトロは「おお」と両手を差し伸べた。

「これはこれは御曹司、あなたが迎えてくださるとはお珍しいですな、いったい、今宵《こよい》は、どう……」

そんな司教の横を、ニコラはするりとすり抜ける。バルトロなどには目もくれずに進み寄ったのは、むろん美貌の助祭さまの御前だ。

「ようやっと来てくれたな、ハル神父」

差し出されるのを待ちもせず、その手を強引に掬い取り、握りしめる。そして許しも得ずに、その指先にちゅっ、と唇をつけた。敬愛を表わす手の甲へのキスとは、まったく意味合いの異なる場所だ。

抱擁とキスの挨拶を交わしていたバルトロ司教とドン・ジェラルドが、互いに腕を伸ばしたまま、双方ほとんど同じ表情で目を瞠っているのが、何とも可笑しい。

指にキスをされた神父は、渋い顔をしている。

「あなたに脅されて、仕方なくです」

引き戻されかける手を、ニコラがやや強引な仕草で引き留める。頬ずりせんばかりに近寄る青年を、若い神父は不快げなまなざしで睨みつけている──。

「脅されたと言いながら、ずいぶんと粘ったな。最初に誘ってから、ひと月もなしのつぶてだった」

──ひと月も言い寄り続けていたのか。

ササキが抱いた呆れ半分の感情を、その場の全員が抱いたに違いない。いったい、いつの間に、この御曹司が。

「来なければわたしのトランクを燃やすと言ったのは、どこの誰です。さあ早く、返してください」

まるで、それ以外に関心はない、と言わんばかりの身も蓋もなさに、ニコラが苦笑している。

「まだだ。晩餐《ばんさん》が済んで、その後の酒と葉巻にもつきあってくれたらな」

「お酒は頂きません。煙草も――……」

「まあ、いいじゃないか、ハル」

バルトロが愛弟子《まなでし》を宥めるように、猫なで声を出す。

「よくわからんが、せっかくご厚意で言ってくださっているんだ。そう邪険にするものではないよ」

「司教さま」

ハル神父が顔を顰《しか》める。バルトロは聖職者でありながらかなり大酒を飲む上に、法にかかる密造酒に手を出すことにも良心が咎めない男だが、どうやらこの助祭は、上司よりは酒類に対して潔癖なようだ。

「禁酒法は浮世の掟だ。わしら神の僕には関係がないさ。さあさあ、そう難しい顔をするものじゃない。こちらへおいで」

バルトロのぶ厚い掌に差し招かれ、ハル神父は「はい、司教さま」と従順に頭《こうべ》を垂れ、ニコラのそばを離れて、するするとそちらへ向かう。

む、と明らかな嫉妬の表情をするニコラ。

そんな次男を、何とも複雑な表情で窺っているドン・ジェラルド。

「さ、さあ、では、食前酒をお出しいたします。みなさま、食堂へどうぞ」

かろうじて執事の務めを思い出したササキが、一同を食堂へと促す。

ぞろぞろと移動する一団は、男ばかりだ。

その最後尾を、酔眼のディーノがよろめきながら追う。

「……どこかで、見たような……？」

アルコールに曇る頭脳を必死で振り絞るように、カロッセロ家の長男は首を振り、呟いた。

その視線の先にいるのがハル神父であることを、ササキは執事の観察眼で、咄嗟《とっさ》に確認する。

何か、ふっ、と一瞬、嫌な予感が脳裏をよぎる。

あの美貌の神父は、過去、カロッセロ家と何らかの関わりがあった……？

(いや、しかし……ディーノさまのおっしゃることだし……)

酔っ払いの戯言《ざれごと》だろう、と判断したササキは、玄関を固める警護役の構成員《モップ》と目を合わせて頷き合い、上品な仕草で厚い扉をきちんと閉めた。


千晴が軽く力を込めて押すと、庭に面したガラス戸は、きぃ……とかすかな音を立てて開いた。

そのままテラスに歩み出ると、カロッセロ邸の庭は、思いがけず見事な薔薇の園になっていた。

花々はどれもふっさりと重たげな花弁をたわわにつけ、夜気の中に馥郁《ふくいく》たる香りを漂わせている。萎《しお》れた散りそめの花のひとつも見当たらない見事さが、この庭を維持するために投入されている人手と金額を髣髴《ほうふつ》させた。

——ギャングなど間違っても賞賛したくはないが、さすが……としか言いようがない。

先ほどまで続いていた晩餐は、やたらと豪華なものだった。健啖家《けんたんか》のバルトロに合わせたのだろうが、千晴にはいささか量が多すぎ、胃にもしつこく重たかった。ドン・ジェラルドはさらに食後の酒と葉巻を勧めてきたが、千晴はたまりかね、少し腹ごなしをしようと紫煙まみれの空気の部屋を後にしたのだ。

そのまま、足音もかすかに芝生の上を歩き、薔薇の園の中央にしつらえられた東屋《あずまや》に辿り着く。ベンチに腰を掛けて、ふぅ……と息をつく。見上げた夜空には、普段は意識することもない星々が輝いている。

（ようやく、ここまで来た……）

ニコラからの誘いを断りに断り、焦らしに焦らして、存分に深みに引きずり込んでから、ようよう、しぶしぶ誘いに応えてやった。到着した玄関の豪華なホールで、そして贅を尽くした料理が並ぶ食卓で、千晴はずっと、ニコラの目が執拗《しつよう》に自分を見つめ続けるのを感じていた。

そして、千晴の家族に死をもたらした元凶であるドン・ジェラルドが、その様子をちらちらと横目で見ていることも。

——カロッセロ家の中枢部への侵入は、とりあえず果たした。目的の第一段階達成だ。

さてこれから、どうしてくれよう。この家に警戒されずに出入りできる身になったのだから、自分も命を失う覚悟でドン・ジェラルドを襲うこともできる。実際、晩餐の席に並ぶカトラリーのナイフを眺めながら、今すぐその老いた体に、これを突き立ててやれたら——と夢想した。

だが、それでは駄目だ。それではドン・ジェラルドは殺せても、すでに後継者候補の息子がふたり育っているカロッセロは潰せない。千晴の真の望みは、この地上からカロッセロ・ギャング団を消し去ることだ。テロリストのような愚行で、ここまでの苦労を水の泡にすることはできない——。

（アデーレは、こちらがもぐらを仕込んだことがバレたかもしれないから、当面目立つ活動はするなと言っていたが……）

ロッサとの連絡は、週に一度ほど、ふらりと教会に立ち寄る老人が、皺《しわ》だらけの紙幣に隠して差し出す小さな紙片によってやりとりされていた。いかにも貧しげで、だが生活を切り詰めて教会への寄進を欠かさない敬虔な老信徒、という態だ。千晴も驚いたほどの、完璧な偽装ぶりだった。

その手紙によると、アデーレが買収工作でひそかに寝返らせていたカロッセロの下部組織の首領親子が、おそらくはカロッセロの手によって殺されたのだそうだ。遺体には拷問を受けた痕跡があり、殺される前に口を割らされた可能性があると。

——あなたの名はまだ彼らには伝えていなかったから、そちらに危険が及ぶ心配はないわ。ハル神父、安心してちょうだい。ただ、カロッセロは警戒態勢に入っていると思うから、くれぐれも当面は、疑いを招くような行動は慎んで。

アデーレ本人の手ではないと思われるいかつい文字——おそらく電話で伝えられた言葉をこちらで書き止めたのだろう——は、そう伝えてきた。せっかくカロッセロ家の内深くまで潜り込めたというのに、もどかしいことだ。

——今はともかく、カロッセロ家の連中に深く食い込んでちょうだい、ハル。ニコラ・カロッセロを誑し込むのよ。もっともっと惚れさせて、もう後戻りできないところまで引き込むのよ……。

(簡単に言ってくれる)

女の低く嗄《か》れた声を思い出しながら、千晴は空を見上げる。

美しい庭。美しい星。

そこここに警護役の構成員《モッブ》が目を光らせていることを除けば、カロッセロ邸はごく平穏な富裕階級の邸宅そのものだった。それも、上品で洗練された部類に入るだろう。ギャング団の血なまぐささも、成金趣味の下品さもない、隅々にまで手の行き届いた美しい家。

だがその裏では、今も昔も、人の血が流され続けているのだ。この花は、人の命を糧に美しく咲き誇っているのだ——。

(お父さん、お母さん——……! 姉さん……!)

不意に、堪えがたい悲しみと怒りが噴きあがり、千晴はベンチの背もたれに身を預けて大きく体を反らせた。天を見上げたまま掌で顔を覆い、額と前髪を掻き毟る。

怒りが、怨みが、胸を焼く。

不意の火の手に逃げ遅れて、生きながら焼かれて死んだ家族たち。どれほど苦しんだだろう。どれほどつらかっただろう。

そして千晴もまた、家族を失ったことによってバルトロの手に堕ちた。あの昏く湿った部屋で三日と空けずに弄《もてあそ》ばれた日々は、千晴の心から美しい夢ややさしい希望を消し去ってしまうに充分だった。

不幸を重ねすぎて、もはやほとんど感情というものが磨滅してしまった千晴にとって、この悲しみと怒りだけが、生きているという感覚を与えてくれるものだ。今さら、復讐など遂げて何になる――と頭の片隅では理解しつつも、それに執着し続けずにいられないのは、そのためだ。

(やり遂げてみせる)

心の中で、亡き家族に誓う。

(人の血を吸って肥え太ったカロッセロ一家を、必ずこの手で――……)

その時、かさり、とかすかに芝生を踏む音がして、次の瞬間、千晴はベンチの背後から近づいてきた男に抱きすくめられていた。

いきなりのことに、びくん、と体が跳ねる。

「……っ、ニコラ?」

咄嗟に思い浮かんだ男の名を口走る。

「やれやれ」

だが男は、ニコラではない声で応えた。

「いつの間にあの青年と親密になったのかね」

「バルトロ司教……」

「教会の神父とギャング団の若者とは、穏やかでない組み合わせだねぇ」

しまった。

ニコラの名を呟いたのは失敗だった。というより、どうして自分はニコラの名など口走ってしまったのだ。そう悔いる千晴の心を読んだように、酒臭いバルトロが言った。

「あの青年は、ずいぶんとお前の心の奥深くに食い込んでいるようだね。困ったものだ」

——え……。

「咄嗟に口をついて名が出てくる相手というのは、そういうことだろう」

思いもよらない言葉に、つい千晴は息をすることも忘れ、目を瞠る。

(馬鹿な……)

相手の心の中に食い込んでいるのは、自分のほうだ。ニコラが——あのギャングの若者が、わたしの心に食い込んでいるわけはない。そんなはずはない。

そんな、はずは……。

だがそんな千晴の意思に反して、右手の指がひくりと蠢《うごめ》いた。そこは歓迎の挨拶の際、ニコラがキスをした場所だった。打ち消しても打ち消しても、指を咥《くわ》えるかのようにキスされた艶《なま》めかしい感触は、消えてくれない。まるで見えない指輪をはめられたかのように。

「ハル、かわいいハル」

バルトロの汗ばんだ掌が、そんな千晴の顎を掬い上げ、反らせる。

「いけないよ、あの若者はいけない」

「司教さま、わたしは、彼とは何も」

「彼は危険な男だ」

ニタニタと笑いながら、バルトロはいつもの暴露癖を現した。

「あの次男坊はな、ハル――……不義の子なのだよ」

「……司教さま？」

「以前、ドン・ジェラルドから打ち明けられたことがある。浅黒い肌に黒髪の自分と、やはり黒髪だった妻との間に、金髪に白い肌の子が産まれる確率は限りなく低い。ふたり目の妻とはかなり年齢も離れていたし、ベッドを共にする機会もそう多くはなかったから、おそらく情夫がいたのだろう。だが、問い詰めて妻の口から真実を聞くのが怖くて――結局、そのままになってしまったとね」

悦に入った声を立てるバルトロの手が、千晴のキャソックのボタンを器用に外した。そしてするりと、中に滑り込んでくる――。

「つ……！」

乳首をひねられ、かろうじて悲鳴を嚙み殺す。

「妻亡き今となっては、ニコラが自分の子かどうかなど確かめようがない。だから余計なことは考えず、きちんと我が子として慈しもう。そう思う時もあれば、やはりあれはどこかの間男のタネだろうと、無性に憎くなることもあるそうだ。まあ、男としての沽券に関わることだ。無理もないが……」

　くくく、と忍び笑い。

「自分の出生が疑われていることを悟ったあの次男坊はな、それ以来、必死でドン・ジェラルドに褒められよう、カロッセロのために役立つ息子であろうと、率先して汚れ仕事を引き受けるようになったのだそうだ。そして出来上がったのが、血に飢えた野獣だと、ドンは嘆いとったよ。あれをあの若さで罪を重ねる身にしてしまったのは、自分だ――とね」

　そうか。

　千晴はその時、ロッサのアデーレが意味ありげに告げた言葉の意味を、初めて悟った。

『この男が、カロッセロの一族でもっとも繊細で、傷ついた心を持っていて――……そして、もっとも誰かから愛されたがっている男だからよ』

　あれは……そういう意味だったのか。不義の子の烙印《らくいん》を背負い、それでも健気《けなげ》に親の愛を求めてやまない哀れな幼子。それがニコラ・カロッセロの正体だと、アデーレは見抜いていたのか……。

「そんな男を落とすのは、お前には造作もないことだったろうな、ハル――悪い子だ」

「あ……っ」

「いけない子にはお仕置きだよ」

　告げられるや否や、唇を覆われ、くふん、と声が漏れた。

慣れているはずの、バルトロの愛撫《あいぶ》。

だが酒の味のする舌を入れられた時、千晴はぞっと総毛立つような嫌悪感を覚えた。

(嫌だ)

うっ、と眉を寄せて、堪える。

大嫌いな男の匂い、大嫌いな男の唾液——。

(嫌だ——……!)

その状態があとほんの半瞬続けば、千晴はバルトロを突き飛ばしていたかもしれない。

だが、さくり——と土を踏む音が、千晴の意識を他に逸らさせた。

屋敷から漏れる電灯の光に、かすかにシルエットが見える。

——ニコラ……?

はっ、と息を呑む。

だが人影は、そのまま背を向けて立ち去って行った。薔薇の植え込みの間を走る足音は軽快で、それが若い体力のある男性だとわかる。

(見られた……?)

——バルトロとの関係を知られた。

思わず息が止まる。

そんな……と、重ね重ねの失態に茫然としている千晴に、バルトロが囁いた。

「さて、では、主《あるじ》に夜の挨拶を済ませてこよう」

司教は妙に嬉しげだった。今夜はよほど手ひどく、千晴を苛むつもりらしい。

「お前は先に、宛がわれた寝室で寝支度を済ませておきなさい、ハル——たまには、いつもと違うベッドで楽しむのも、味わい深いものだ」

ニタニタと告げられる言葉に、千晴は何も考えられないまま頷いた。


千晴が犯したささいな間違いを責め、それを口実にことさら残忍な情交を強いてくるのは、昔からのバルトロの手口だ。

だから千晴は、覚悟を決めて、指定された寝室で師を待ち受けていた。

大丈夫、いつものことだ。バルトロは年齢の割に呆れるくらい強健だが、それでも寄る年波には勝てない。千晴がガスコに戻ってきてからの関係は、昔に比べれば生易《なまやさ》しかった。大丈夫、何をされても耐えられる。それよりも——……。

ニコラに、上司との情事を目撃されてしまった。よりによってあんな場面を見られるなんて、何て間の悪い。

(せっかく、潔癖でなかなか落とせそうもない神父を演じてきたのに——……)

虚しい気分で、ベッドに寝転がる。ゲストルームとして千晴に宛がわれた部屋は、ちょっとしたホテルのスイートくらいの設備があり、バスも独立したものが据えられていた。癪《しゃく》ではあるが、ベッドの硬さもちょうどよく、寝具も上等そのもので寝心地は最高だ。シャワーを浴びている間に用意されていた寝衣はどうやら絹らしく、さらさらと物柔らかに肌を撫でてゆく。

——どうしよう。

千晴は寝転がったまま、途方に暮れた。きっと軽蔑されただろう、幻滅されただろう、と考えを巡らせると、ずんと心が重くなる。

『あんたのこと考えるだけで、たまらない気分になるんだ、フランシスコ・ハル神父』

せっかく、そう言ってくれていたのに——。

その時、コツコツコツとドアがノックされる音が響いた。千晴は現実に引き戻される。そうだ、バルトロが来るのだった。

「どうぞ」

しかし、きぃ、と重々しく軋みを立てて開いたドアから姿を現したのは、バルトロの老いて丸くなった姿ではなく、きりりと屹立《きつりつ》する若々しいシルエットだった。全身から、名状しがたく凜々《りり》しい雰囲気を放っている。

「……ニコラ……？」

意外そうに目を瞬《またた》くばかりの千晴を前に、ニコラ・カロッセロはいつものにやついた笑みを浮かべることもなく、するりと部屋の中に入ってくる。そして後ろ手に、ドアの鍵をかけながら言った。

「あのクソ坊主なら、自分の部屋で高いびきさ」

「……何かしたんですか」

千晴の問いに、ニコラは性質《タチ》の悪い悪戯《いたずら》に成功した子どものような笑みを浮かべる。

「心配するな。寝酒に一服盛っただけだ。影響が出るとしてもせいぜい、明日の朝少々寝坊する程度だろう」

「……」

つまり、今夜はもうバルトロは千晴を抱きには来ないということだ。千晴は肩から力が抜けるのを感じた。よかった。悩みのタネがひとつ減った……。

「……では、あなたはどうしてここに？」

「決まっているだろう？」

皮肉っぽく、そう呟いた青年が、突然、豹のように躍りかかってくる。

「ニコ……！」

どさりと押し倒された拍子に、背中の下で、ぎしっ、と大きな音を立てて、マットが沈む。

「んん……！」

いきなり、噛みつくように激しいキスを浴びせられる。舌を入れられ、思わず声が漏れた。何て熱いキスだろう。焼けついてしまいそうなほど、激しく、傲慢で、情熱的な――。

「んん、んん……！」

手首を摑まれ、シーツに縫い止められる感触。その力強さに、もう抗《あらが》えない、と知った瞬間、頭の中がくらりと回る。そして執拗に千晴を貪ろうとする唇。傲慢に口の中をまさぐってくる舌。ニコラのキスは、密造酒のもたらす酔いなど比較にならない強烈さだ。若い男の匂い、張りつめた体、そしてその重み——。千晴のか細い胴など、ひと押しに押しつぶされてしまいそうだった。

「あんたを、寝取りに来たんだ」

一瞬、唇が離れた隙の、素早く低い囁き。

千晴はハッと息を止める。

寝取る、とは——……バルトロ司教から？

あの老人から、わたしを奪うと……？

「本気、ですか……？」

思わず問い質《ただ》したのは、本当に抱くつもりなのか、という意味ではなく、こんなわたしを本気でものにするつもりなのか、という意味だった。ニコラはもう、千晴がバルトロの「お手つき」だと知っているはずなのに、汚らわしい、とは思わないのだろうか——？

「ギャングの世界ではな」

ニコラはこともなげに言う。

「愛人でもカネでも、欲しけりゃ奪い取るのが真の男なんだよ」

不意にじんわりと、こみ上げるものがあった。何ということだろう。この若者は、千晴を嫌わなかったのだ。あんな場面を――聖職者同士でつるみ合っているところを見ながら、千晴を、汚らわしいとは思わなかったのだ。そして、他人のものならば、寝取るまでだ、と心を決め、今、こうして千晴を抱こうとしているのだ。

――てっきり嫌われたとばかり、思っていたのに……。

どさりと押し倒され、組み敷かれながら、千晴は胸の中に歓喜の花が咲くのを、どうすることもできなかった。それは次々に、幾つも幾つも咲き続け、たちまち、千晴の心に甘い香りの漂う花園を作り上げてゆく――。

「俺のものにしてやるよ――フランシスコ・ハル神父……」

千晴はめまいの底に突き落とされ、知らず知らずに、前歯を開いていた。若い男の舌を、抑えようもない早鐘のような鼓動の中で受け入れる。

薔薇の香りが、部屋に満ちる。

ふとそんな錯覚に包まれながら、千晴は目を閉じ、体の力を抜いて、酩酊《めいてい》感に身を委ねた。

花びらを煮詰めて作ったような、濃厚な香りと、とろみのある熱さを持つ何かに、千晴は全身を取り巻かれていた。決して嫌ではなかったが、あまりの息苦しさに、時折振り払おうともがいては、力強い腕に引き戻され、またすっぽりと捕われる。そうされるたびに、ぼうっと眩《くら》む頭の芯が、さらにてている。
「あっ、ふ、う……、ニコラ――……」
頭上では、バスローブの帯でひとまとめに括《くく》られてベッドに繋がれた両手首が、ぎり……と音を立
熱くなった。

「……あんたが、人のものなら」

千晴の下腹にくらいつきながら、ニコラが告げる。

「犯して、奪うまでだ」

「ひ、あっ……！」

過敏な場所へのキスに、腰が跳ねる。

縛られて自由を奪われた状態で、体のあちこちに口づけられ、舐め回されて玩具《おもちゃ》にされる。以前、バルトロではない別の高位聖職者にそうされた時は、ひたすら嫌悪感と侮蔑しか湧かなかったのに、どうしてだろう。今は体中に歯を立てられ皮膚を吸われ、ぴりりと痛むほど激しいキスを浴びせられるたびに、自分が着々とこの若者のものにされていると感じ、抗えないほどの悦びが心にも体にもあふれてくる。時折、気まぐれな小波《さざなみ》が浜に寄せるように羞恥と屈辱がよみがえるが、それすらも昏い歓喜をいや増した。あまりの悦びに、まだ挿入されてもいないのに幾度かイキそうになり、それを渾身の力で堪えるたびに、体が汗でしとどに濡れる。

今の千晴は、熟れきった果実だ。そしてニコラは、そのかぐわしい果肉にくらいつく獣だ。そうし

てふたりは、共に蒸れて熟れた甘い香りを醸し出していた。ふたりでひとつの生き物のように。

「たまらないな」

ニコラが舌なめずりしながら、吐息半分に囁く。

「あの禁欲的なキャソックの下に、こんなに感じやすい淫らな体が隠されていたなんて――……」

確かに千晴の肌は、ニコラの舌先が感じやすい場所をかすめるたびに、ひくりひくりと敏感に反応する。乳首を嚙まれた時などは、堪えきれず「あ……ん」と子猫のような声が漏れたほどだ。

「わかるか？　あんた、自分で濡れてるぜ」

すでに充血して膨らんでいるものをぴんと弾かれ、潤んだ先端からさらにとろんと粘液が滴り落ちる。千晴は羞恥に顔を背けたが、その有様を凝視していたニコラは、ひゅう、と唇を鳴らした。

「いつもこうなのか？　バルトロの爺《じじ》ぃにされても、あんたこんなに濡れるのか？」

そう尋ねる声に揶揄《やゆ》や辱めの色は薄く、むしろ子どものように純粋で悪気のない好奇心に満ちている。

「なあ、こんな色っぽい体で、よくあんななまぐさ坊主の群れの中で生きてこれたな？　ああ、それとも、坊主どもによってたかってなぶられて、こんな体にさせられたのか？」

「……生まれつき、ですよ」

喘《あえ》ぎ喘ぎ、千晴は唇を嚙みしめて、告げる。

「淫乱、なんです――わたしは……」

そうだ。認めるのも汚らわしいが、もう今さらだ。

ニコラが口にした憶測も、千晴の場合、すべてが間違っているわけでもないのだ。家族を失って以降ずっと、バルトロや、その他の権力を持つ男たちのなぐさみものとして生きてきた。「こんな体にさせられた」のだ。体の関係を利用し利用され、それが嫌で嫌でたまらない一方、たまさか継続的な情交相手がいない状態になると、たまらなく体が飢えて、権力などない、寝ても何の益もない相手であっても、一夜の慰めを求めてベッドに誘わずにいられなかった。

――そう、魔性の神父、などという立派なものではない。それならまだましだった。ただの男狂いなのだ、自分は。

それでも一応、えり好みはしていたから、誰とでも寝るというほど節操なしではなかったつもりだが、肉の悦びを与えてくれる相手を切らしたことがないのは事実だ。

そしてそういう相手は――大抵は手近な聖職者仲間だったが――必ず千晴を抱きながら、千晴を軽蔑してくる。自分の意思で誘いに応じておきながら、寝たあとで正気に返り、「お前に堕落させられた」となじってくる者も珍しくなかった。男漁《あさ》りを始めたばかりの頃は、恋人のような存在を得られるかもしれないと期待しなくはなかった千晴も、そんなことを繰り返すうち、軽蔑にも嫌悪にも悪罵にも慣れて、いつしか体を与える相手にやさしさや心のぬくもりは期待しなくなった。今では逆に、好きでもない男に体を投げ出し、自分をいじめ、なぶりものにすることに、裏返った愉しみと悦びを覚えるほどだ。

「――だからあなたも、愉しめばいい」

「あんた……」

「好きにして……いいですよ。痛いのも苦しいのも、嫌いではないですし……」

半ばは意地で、そんなことを言う。そしてぷいっと横を向く。

嫌だったのだ。また虚しい期待をしてしまうのが。このギャングの若者は、なぜか千晴の枯れ切っていたはずの心に、真っ直ぐに届くものを持っている。そのひたむきさが、千晴の中の初々しい何かをよみがえらせようとする。だが、よりによってギャングに、それも平気で人を撃つギャングに何を期待しようというのだ。

――馬鹿だ、わたしは……。

「ニコラ」

縛られたままの姿で、千晴は告げる。

「さあ、好きになさい、わたしを――」

そうして、どうか、わたしをこのままでいさせて。

あなたを好きにさせないで。ギャングなど大嫌いなままでいさせて――。

「わかった」

千晴の、声にならない声を聞き取ったように、ニコラが応える。

「足を開きな」

淫らな命令をされて、千晴は腿《もも》を震わせながら従う。ニコラの手が膝裏にかかり、その狭間《はざま》をさらに押し広げた。

「あ、っ……！」

ぎしっ、とベッドが軋む。逆立ちした時のような天地逆転の感覚に襲われ、気がつけば自分の股間が額の上にあった。さらにその向こうから、山の向こうの巨人サイクロプスのように、ニコラの顔が覗いている。

「な、何……」

「男を欲しがるいけない孔《あな》は、これだな」

ニコラの指が、オレンジの実でも割るように、千晴の尻を左右に押し分ける。

まともに男の視線にさらされて、さすがの千晴も羞恥の悲鳴を上げた。「嫌……」と呻いて抵抗すると、逆にそこがびくびくと蠢く様子をニコラの眼前に見せつけてしまう。「いやらしいな」と若いギャングは忍び笑った。

「魚の口みたいに、はくはく動いてる」

「……っ……」

悔しさに体が震え、そこがきゅっと小さく窄《すぼ》まろうとする。その縁に指がめりこみ、無理矢理に押し広げられた。

「外側は男なんか欠片も知りませんって顔で澄ましながら、中はもうトロッと熱い。あんたって人そのものだ」

「あ、ああっ……」

指を入れられ、ぐりっと一回掻き回される。その衝撃に、折り曲げられた腹筋がびくんと波打つ。

「ひ、うっ……！」

長くあとを引く痺《しび》れに、体が震える。絶え間もなく、大きな力に揺さぶられるように。

その衝撃波が徐々に鎮まった頃、額に滴る熱いものに目を開いた千晴は、しぶいたばかりの自分の性器が、枝に実る果実のようにゆらりと弾んでいるのを見た。

（そんな――……）

イッたのか、わたしは……？　指を入れられてすぐ、こんなにもあっけなく……？

羞恥がないまぜになった屈辱に震えていると、顔の上から、ふふっ、と笑い声が降ってくる。

「かわいいな、あんた」

――何だって……？

「感じやすくて淫乱なのに、抱いてみれば普通に恥じらいもあるとか……」

くつくつと笑われて、「たまらん」と舌なめずりされる。

その顔のいやらしさ。

若い男の素直な欲望が、表情筋の隅々にまで満ちている。

狐《きつね》に喰《く》らわれる寸前の鼠《ねずみ》は、こんな感じだろうか――と、千晴は思った。がばりと開いた口に並ぶ尖《とが》った犬歯や唾液の垂れる舌を見て、慄《おのの》きのあまり、いっそ早く食べてくれ、と願うような、この感じは――。

だが羞恥に耐えなくてはならない時間はまだ続いた。ニコラが千晴のそこを舐め回し始めたのだ。ひいっ、と悲鳴を上げて身じろいでも、力の入らない姿勢で膝裏を押さえられていては逃れようもない。そのまま、ぞろぞろと舌先でしつこく愛撫されて、千晴は高く浮いたままの踵《かかと》で空を蹴ってもがいた。

「ニッ、ニコラ、ニコラ……！　やめて、やめてください、それ、い、嫌ぁ……！」

「好きにしていいんじゃなかったのか？」

意地悪なギャングは、ぺろりと紅い舌先を閃かせながら、半笑いだ。

「あんなに大きく出たくせに、もう降参とは、案外意気地がないな、あんた」

「だ、だって……！　だって……！」

好きにしろ、と告げた時、千晴が想定していたのは、乱暴に扱われ、一方的な欲望を遂げるために好き勝手に犯されることだ。こんな風に感じさせられ、気持ちよさに喘がされ、恥じらいに身の縮む思いをするなど、想像もしていなかった……。

「教えといてやるよ、神父さま」

ニコラが告げる。

「ギャングにセックスが下手な奴はいない。派手派手しく男伊達を競い合う世界に生きているからな」

陰湿でいやらしいだけの坊主どもと一緒にするものではない、と警告されても、今さら遅い。

千晴は悲鳴まじりの嬌声《きょうせい》を上げながら、枕に大きな染みができるほど泣かされた。「泣くと幼顔になるんだな」と感心したように言われ、指で頬骨の上の涙を拭われた時にはもう、すっかり蕩けて準備の済んだ体にされていた。本当に、呆れるくらいにうまい。

「ハル」

潤んで熱を帯びる孔に先端を突き当てられながら、予告のようにキスをされる。

「……俺しか欲しくならない体にしてやるよ」

囁かれるなり、ぐっ、と入れられる。

その大きさと硬さと熱さに、思わず、ううっと喉が鳴った。

ほぐし慣らされた孔は、驚くほど素直に巨大なものを呑み込んでゆく。中奥に続く粘膜の筒で感じるその活《い》きの良さは、確かに、薄暗い教会の中で陰気に蠢く聖職者たちとは、段違いだ。

「ああ……っ」

ほどもなく、大きく押し広げられた孔の周囲に、若い男の草むらが当たる。「入った」と告げられる、その囁きにすらびくんと感じた。

何て凄い。

熱に浮かされた頭には、そんな陳腐な言葉しか浮かばない。千晴の奥深くに居座ったものは、かつて味わったどの男たちとも比べようもないほどの代物だった。何て凄い。熱い。大きい。深い——

……。

「ハル」

男の声が、自分を呼ぶ。

「ハル、そんなに泣くな。痛いのか？」

二度三度と、瞼に口づけられて、やっと千晴は自分がぐずり泣き続けていたことに気づいた。

セックスのさなかに取り乱して泣くなど、何年ぶりだろう。もしかして、まだ若かったバルトロに腕を引かれて、あの薄暗い部屋に引き込まれた最初の時以来ではないだろうか。あの時、千晴は自分が今後この場所でどう扱われて生きていくのかを悟り、その瞬間から感情を遮断した。真っ当な感性が生きたままでは、とてもやっていけなかった。

「——いいえ」

首を振り、縛られたままの両手の代わりに、すんなりとした両脚で、男の胴を抱く。

抱いて、引き寄せる。

「してください……あなたのものに」

嗄れかけた声が、誘惑には逆に効果的だった。

だが同時に、今だけだ、と心に誓う。

今だけだ。今だけは、この年下の青年とぬくもりを分かつ感覚に浸ろう。

そうして、「今」が済んだら、自分はまた、「魔性の神父」に戻る。

――せめて、それくらいは。

その程度のかりそめの幸せも味わえないのは、この素晴らしい男を目の前にしては、あまりにもつらすぎる。

「神父さま――……」

ため息のような声が耳に溶ける。それと同時に、ニコラが腰を使い始めた。

「あ……あ、ああ……！」

手首を縛った帯が、ぎち、ぎちと鳴る。だがその痛みすらも、昏い快楽にすり替わった。

――ああ、奪われている……。

ぞくぞくと背筋が震えて、止まらなかった。こんな感覚は、掛け値なしに初めてだ。千晴を自分だけのものにしたいと望む男は、他にもいたのに。

「ニコラ、ニコラ……！」

唇を濡らして、もっと、とねだると、若い男は際限なく激しさを増していく。淫蕩《いんとう》で練《ね》れた体を持つ千晴を満たすために、懸命なのが伝わってくる。

そんな男の幼稚な意地すらも、今はかわいらしく感じられる――……。

今を盛りの薔薇の花を集めたような香りが、千晴を取り巻いた。男の精液の、青い香り。ふたりしてしとどに流す汗の香り。すべてが千晴の中に流れ込んでくる。この世の悦びが、すべて千晴の上に落ちかかってくる。

粘液が醸す淫らな水音。舌足らずな声。激しい喘ぎ。

「神父さまッ……！」

千晴の腹の中で、若く、熱い花が散る。

その衝撃に、ふっ、と頭の中がどこかへ持って行かれたような感覚に襲われる。

今自分は、声を堪えられただろうか。それとも、あられもなく、声の限りに叫んでしまっただろうか——。

熱に熟れた頭の中でそんなことを案じている千晴の中に、ニコラはなおも精を振り絞っている。

がくがくと、揺さぶり上げられる。その先端の達した深さを感じて、千晴は慄いた。

——ああ、こんなにも……。

ニコラの肉体は、千晴の奥深くに蕩け、千晴もまた、ニコラに絡みついたまま溶けていた。無理に引き剝がそうとすれば、互いの肉や血管が裂けてしまいそうなほど。

もう駄目だ、と思った。もう駄目だ。こんなにも深くひとつに溶け合ってしまっては、もう体を分かつことはできない。

心を、分かつこともできない。

もう、駄目だ——……。

しゅっ、と音がして、手首の縛《いまし》めが解かれる。

「ハル……」

若い懇願の声に応じて、千晴はすっかり痺れて痛む手を懸命に伸ばし、ニコラを抱きしめた。繋がったまま、互いに抱きしめ合う。

「ニコラ……」

千晴は自ら、ニコラの唇を吸った。

抑えきれない悦びと幸せが、長く長く、胸を震わせ続けた。


どこからともなく、豊潤な薔薇の香りが漂う早朝の空気と、まだ始まったばかりの朝焼けの光の中で、千晴は目を覚ました。

（……からだ……いたい……）

まつわりつく男の腕を押しのけながら、もぞりとシーツの下で身じろぐと、腰の奥に鈍痛を感じた。貫かれた入口から奥までが熱く熟れて、千晴に、昨夜の情熱的な男の腰使いをありありと思い出させる。

その痛みと熱の元凶は、千晴の傍らで、呑気《のんき》に眠っていた。額にかかる金髪の乱れ具合が、いかにも激しい情事のあとという感じで、実に色香にあふれている。

（まったく……）

健やかな寝息や、満足げに笑んだままの口元を見ていると、千晴は無性に腹が立ってきた。こんな年下の坊やに組み敷かれ、いいように弄ばれた挙句、完全に理性を失い、本能のまま、はしたない声まで上げて啼《な》いてしまった。して、もっと……と、ねだってしまった。

——極上に、よかった。

「……あああ」

ぼすり、と枕に顔を埋《うず》めたまま、嘆息する。今度は自己嫌悪のため息だ。ニコラの、若さを剝《む》き出しにした怒りや征服欲に呑まれ、引きずり込まれるがままに溺《おぼ》れてしまった。溺れた愉悦の渦の中は、脳髄までもが蕩けそうになるほど気持ちが良かった。

——あんなのは、はじめて、だった……。

何てことだろう。常に男たちを思うがままに溺れさせてきた「魔性の神父」が、逆に男に溺れるなんて、一生の不覚だ。

——それもこれも、この男のせいだ。

千晴はニコラの寝顔を眺めながら、八つ当たり気味に憤慨した。何もかもこの男が、目にも眩《まぶ》しい美男子で、床上手《とこ》で、情熱家で、そのくせ目が離せないほど危うく脆くて、寂しがり屋で、やたらと庇護欲をそそってくるのが悪いのだ。だから——だから、ついうっかり、絆《ほだ》されてしまったのだ。

（この手が、人を撃つところまで見たというのに——……）

我が物顔で千晴の肩に触れている手を、疎ましく眺めながら思う。

あのガスコ中央駅で、ニコラは躊躇もせずに人を撃った。あの時千晴は、その冷酷さにはっきりと嫌悪の気持ちを抱いた。きっと自分の家族を巻き添えにした爆破犯も、こんな風に平気な顔であの店にダイナマイトを投げ込んだのだろうと思ったからだ。それが今はどうだ。千晴はすっかり、この青年の寂しさに惹かれてしまっている。その愛に飢えた心に、想いを寄せずにいられなくなっている――。

(危険だ)

もし、カロッセロの一員であるこの青年に好意を抱いてしまったら……と考えて、千晴は背筋がぞっと波立つのを感じた。それは駄目だ。それは――嫌だ。千晴は禁忌感ではなく、恐怖からそう思った。だって、そうだろう。そのために長年、心の支えにしてきたカロッセロへの復讐心が薄れたり折れたりしたら、自分を削ってきた意味がまったくなくなってしまう。カロッセロの中枢に巡り着くために、愛してもいない男たちを誘い、自ら体を与えてきた、そのつらさと屈辱に怨みの一念で耐えてきた心が、ぽっきりと折れてしまう――……。

(危険だ)

ニコラは危険な存在だ。この青年の寂しい境遇は、何かしら千晴の中にあるものと響き合ってしまうのだ。離れなくては。今のうちに距離を置かなくては――と身を起こし、シーツをまくり上げた拍子に、その危険な男が「んん」と鼻先で甘く啼いた。

そのまま目も開かずに、片腕で千晴を抱き寄せる。

「ちょ、っ……!」

「神父さま……」

少し掠《かす》れた寝起きの声が、千晴の耳元で囁く。

「俺の、かわいい神父さま——……」

むにゃむにゃ、とまだ半分眠っているような声。

「何がかわいいですか。年上に向かって！」

絡みついてくる図々しい腕をぴしゃりと叩いて、千晴は体を引き剝がそうとする。だが年下の男は、千晴の言うことなど聞く気配もない。

「朝メシまではまだまだ時間がある。もう一眠りできるさ」

「何を言っているんですか。あなたは早く自分の部屋に戻らないと——」

「おいおい、できたばかりの恋人をベッドから蹴り出す気か？」

「こ、こい、びっ……！」

誰がいつ恋人になどなった！　と怒鳴りつけようとした口を、唇で塞がれる。

「んん……！」

もがく千晴を、だがニコラは易々《やすやす》と抱き封じてしまう。弄《いじ》られすぎて腫れた乳首を指の腹で左右に倒されて、最後の力が抜けた。

「本当に、戻らないと、ニコラ……」

まったく説得力のない甘い声で、どうにか言い聞かせる。

「あなたが、わたしの部屋で過ごしたことが露見したら――」

「ササキのベッドと間違えたとでも言うさ」

くすくす、とニコラは笑った。

「ガキの頃はよく、兄貴に苛められて、悔しくて眠れなくなるたびに、泣きじゃくりながらふらふらと使用人部屋まで出張してたからな」

「……」

枕を抱え、半泣きで廊下を歩くパジャマ姿の少年の姿が容易に思い浮かび、千晴はつい沈黙してしまった。その同情を感じ取ったのか、ニコラがふと打ち明ける口調で告げる。

「ゆうべ、バルトロのクソ坊主が言っていたことは本当さ。俺は――親父の子じゃないかもしれないんだ」

「ニコラ……？」

唐突に始まった寝物語《ピロートーク》に、千晴はつい、ニコラの表情を窺い見る。

そこにあったのは、この子どもっぽい青年らしからぬ、大人びた諦念だ。

「子どもってのは親の本心に敏感でな。親父が内心で、俺をどう扱っていいかわからなくて困っていることは、早くから感じていたよ」

ドン・ジェラルドは家長としての威厳を重んじる男だったから、自分に似ても似つかない次男を遠ざけたり嫌悪したりするそぶりなど、一度も見せたことがない。表面上は、カロッセロの一員として何不自由なく育ててくれた。そのことは、ニコラは心の底から感謝しているのだと言う。

だがどんなに外面を取り繕っても、本心はどうしても外に滲み出てしまう。家長が心のどこかで異分子と見なしている子どもには、周囲も自然によそよそしくなる。そしてそれを、子どもは敏感に感じ取り、その心には、深い孤独が生まれる——。

「俺はだから、余計に、親父の息子でいたかった。ドン・ジェラルドの次男坊として、誰からも認められたかった。親父やカロッセロ家から、必要とされる存在になりたかった……」

千晴はニコラの声を大人しく聞いていた。問わず語りとはこのことだ。ニコラはきっと、長年、こんな風に誰かに胸の内を打ち明けたかったのだろう。

「親父に認めてもらいたい一心で、ずいぶんと汚れ仕事に手を染めてきたのも本当さ。一時は、洗っても洗っても、血と硝煙の匂いがこの体から落ちない妄想に苦しんだもんだが……それにも、もう、慣れた」

ぽつりぽつりと、降り始めの雨のように、ニコラが告白する。

「もう、慣れたんだ……」

「ニコラ」

つらいことには、もう慣れた。

自分に言い聞かせるようなそれが真情ではないことを、千晴は嫌と言うほど知っている。

思わず、するりと男の背に腕を回していた。

肩の後ろに摑まるように、そっと抱きつく。

「神父に嘘をつくものではありませんよ」

「……っ」

「わたしにだって、あなたが本当は寂しいことくらいはわかります」

ニコラがぱちぱちと瞬きをする。だがその瞼はまもなく、人肌のぬくもりに誘われるように、ふわりと閉じた。

まどろみの朝。

ふたりは互いの鼓動を感じながら、いつしか再びの眠りに落ちて行った。


朝のササキは多忙である。誰よりも早く起床してきっちりと身なりを整え、朝食の準備が進んでいることを確認し、各人に配るコーヒーを淹《い》れ、それが冷めないうちに家人たちの寝室を回る。このあたりの手順は家によって異なるようだが、カロッセロ家では主人であるドン・ジェラルドと、その日の客人のところへはササキ自らが向かうことになっていた。

「おはようございます、旦那さま」

「ああ、おはよう」

寝起きであっても威厳漂うジェラルドは、すぐに新聞に目を通し始める。ギャングは単なる暴力集団ではなく、複数の事業を抱える経営者の顔も持っているから、政財界の情報収集は常に怠りない。

「客人がたは、まだお休みかね」

「そのようでございます」

「ふうん……」

ジェラルドは、心中の懸念をどう言葉で表したものかと、思案する様子だった。ササキはそれを察し、先回りして告げる。

「ニコラさまのところへは、わたくしが参りましょうか？」

「そうしてくれ」

ずずっ、とコーヒーをひと口。様子を窺ってこい、ということだ。

「あれにも困ったものだ。ここのところ妙に機嫌がいいと思っておったら……」

ぶつぶつ、と愚痴る。

誰の目にも、ニコラがあの日系人の若い神父にぞっこんであることは明らかだった。確かに、あの陶器人形めいた美貌には、何か人の心を狂わせるようなものがあるが、ニコラは今まで、同性に興味を惹かれるようなそぶりはまったく見せたことがなかったのだ。ジェラルドにしてみれば、情緒の安定しない次男に、またひとつ頭痛のタネが増えた、というところだろう。

（旦那さまは熱心なカトリックでいらっしゃるから――）

だが若い頃に極東の島国から移民してきたササキにとって、同性愛はそれほど重大な罪悪というわけではない。むしろ細やかな情愛に飢えていたニコラに、愛情を傾ける対象ができたのは、喜ばしいことだとすら思っている。それにどの道、相手が神父さまでは、実りようのない恋であろう。ジェラルドが案じるようなことには、おそらくなるまい――……。

などと思っていたのに。

ノックしたニコラの部屋からは何の反応もなく、その時点で、ササキはある種の予感を覚えた。どういうわけかこの家の息子たちはどちらも自分の寝室に共寝の相手を引っ張り込むことを好まず、ディーノは娼館に入り浸り、ニコラのほうも女がいる時は女の部屋に転がり込むのが常だった。ということは――……まさか……。

「神父さま、ハル神父さま」

忙《せわ》しなくならない程度に遠慮しつつ、若いほうの客人の部屋をノックする。

「その、もうお目覚めでしょうか？　コーヒーをお持ちいたしましたが……」

するとドア一枚向こうの室内から、どたばた、と慌てたような音が聞こえてきた。

静謐《せいひつ》な雰囲気のあの神父らしくない。そう思っていると、今度は低く押し殺した声が素早く囁くのが聞こえた。

「……コラ……ニコラ！」

ぼんぼん、と羽布団の表面を叩く音。ううん……と面倒くさそうに応じる、眠たげな声。

「起きなさい、ニコラ。だから早く自分の部屋に戻れと言ったでしょう……！」

「……んな冷たいこと言わないでくれよ……せっかくいい夜だったたんだ……」

いい夜だった。その言葉を聞いて、ササキはくらっとめまいを覚えた。その場でよろめかなかったのは、執事としての職業的矜持《きょうじ》と鉄の意思力ゆえだ。

（ニコラさまと、あの神父さまが……）

いや、それは、まあ、あの寂しがり屋の次男坊に恋心が芽生えたことは喜ばしいと思ってはいたが——……たった一晩で、これほど急展開を見せるとは。

まさかあの潔癖そうな神父さまが、こうも早々とニコラさまを受け入れるとは——……。

ふたりが一夜を共にしたのは、常に冷静なササキをして、そう思わしめるほどの事態だった。——しかしさて、どうしよう。どうしたものか……。

（世界は驚きに満ちている）

「……あっ、こら、何を……！」

「相手がまだ寝ているうちにベッドを出るのはマナー違反だぜ……？」

「いいかげんになさいっ」

どたん、ばたん、とベッドの上で縺《もつ》れ合う音。その音が止み、「ん……」と鼻にかかった声が聞こえた瞬間、ササキはドアの前から一歩下がる。

（……わたしは何も聞いていていない）

そういうことにしておこう。きっと、そのほうがいい。

他の使用人たちには、しばらくゲストルームには近づくなと伝えておこう。旦那さまには、ニコラさまはまだお部屋でお休みのようですと。ああ、それから、バルトロ司教も誤魔化しておかなくては――。

常に沈着な執事が、何やらよろめいて歩く様子を、メイドが不思議そうに見送った。

新鮮な朝の光が、窓から食卓に差している。

「バルトロ司教は、まだ起きてこられないのか？」

ドン・ジェラルドが、絶妙に上品な味付けのスクランブルエッグをフォークで掬い上げながら尋ねた。

「はい、さようでございます」

給仕をしながら応えるのは、ササキだ。訓練を積んだ彼は、繊細なティーセットを、ほとんど音も立てずに扱っている。

「珍しいな。健啖家のあの方が」

「案外、卒中でも起こしてくたばってんじゃねぇか？　ゆうべはだいぶお進みだったからな」

今日も朝からすえた酒の匂いを放っているディーノが、名家の男らしくもなくだらしのない姿勢で、ひっひ、と肩を揺らして笑った。父であるドン・ジェラルドは、不快そうな表情をしつつも、そちらへ目をやろうともしない。長男の不行跡には、もうあきらめがついている、という顔だな——と、千晴は観察の目を走らせた。

「わたくしもそれが心配で、お部屋に入らせていただいてご様子を観察したのですが——呼吸も正常でいらっしゃいますし、特にお熱などもないようで」

「では本当に眠っておられるだけなのか？」

「そのようでございます」

「起こしても起きないほど？」

「そのようでございます」

執事と主人の不思議そうな会話を聞きながら、千晴は馴れ馴れしい距離で隣席に陣取っているニコラの腕を、肘で突いた。

「……いったい、どれだけ盛ったんです」

ひそり、と囁く声。ニコラは「さあ？」と悪い笑いを浮かべながら、卵料理を豪快に口に放り込む。

悪びれないその様子には呆れるが、この青年が一服盛ってくれたおかげで、昨夜はバルトロの毒牙を免れたのは事実だ。それを思うと、千晴はそれ以上、何も言えない。

会話もなく、かちゃかちゃ……と各人がカトラリーを使う音だけが響く、静かな朝食だった。ササキが一度、千晴に「お茶のお代わりはいかがですか？」と慇懃《いんぎん》に尋ねてきたが、千晴は「いえ、もう」と断った。この執事は自分と同じ日系人だからか、千晴が食堂に現れてから、やたら細々と世話を焼こうとするのだ。卵料理はどれがよろしいですか。ベーコンの焼き加減は。紅茶かコーヒーか。紅茶に入れるミルクの種類は。砂糖は幾つか。料理にかける塩は必要か。トーストにつけるものはバターかジャムか。

どうにも、居心地が悪い朝食だった。まとわりつく執事以外にも、ドン・ジェラルドはその威厳あふれる目で千晴を値踏みするかのようにじろじろと見てくるし、ディーノは酔漢独特の絡むような目つきで千晴の全身を舐め回すように見ているし、ニコラはとにかくご機嫌で、誰がどう見ても不自然なくらい椅子の位置が千晴に近い。

——天使も悪魔も思い知れ。この美しい人は、もう俺のものだ……。

言葉に依《よ》らず、そう宣言しているかのようだ。自分がバルトロから寝取ってやったのだと。

(こんな成り行きになるなんて——)

千晴はため息をつく。最初から誘惑し陥落させるつもりだったとはいえ、こんな形になろうとは思いもよらなかった。親からの愛に飢えたニコラにはつけ込む隙があるはずだというアデーレの読みは正しかったが、さすがにあの女傑も、ニコラがこうも素早く強引に千晴に食いつき、ものにしてしまうとは、予想していなかっただろう。

「ハル神父」

いきなり、ドン・ジェラルドが話しかけてくる。その声の重厚な響きに、千晴は思わず、「はい」と姿勢を正した。

「司教は、お目覚めになるまでうちにいていただくが――あなたはどうなさる？」

ああ、なんだ、と千晴は息をつく。

「教会に戻ります」

当然のようにそう告げると、隣でニコラが「えっ」と声を上げた。千晴は反射的に、その脛《すね》を蹴り飛ばす。

「何だ、どうしたニコラ。痛そうな顔をして。腹でも下したのか」

「いや……何でも、ない……」

脛を撫でて痛がるニコラを放置して、千晴は微笑んだ。

「司教もお年ですから、きっと日頃の疲れが出たのでしょう。申し訳ありませんが、今少し様子を見ていただけますでしょうか？」

「それは構わんが――……」

「何言ってるんだ、あんたももっといろよ」

ニコラが慌てたように、身を乗り出してくる。

「ゆうべのことで、疲れてるのはむしろあんたのほうじゃ……」

「ニコラ」

千晴は青年の顔を押しのけつつ、にっこりと笑った。

目が笑っていない、とよく言われる、「怖い」笑顔で。

「大切なお父さまの前でしょう？」

「……っ」

さすがのニコラも、「ゆうべのこと」が父親にバレてもいいとまでは思っていなかったようだ。この時点までは。

——潮目が変わるきっかけは、ささいなことだった。

異母弟が言葉に詰まった様子を見て、ディーノがだらしなく椅子にしなだれかかった姿勢のまま、ぶぶっと噴き出したのだ。

「ハッ、大切なお父さま、ときたもんだ」

「ディーノ」

「かわいいかわいい金髪のニコラちゃん。ボクの大切なお父さまは、ホントはどこにいるのかなー？」

「ディーノ！」

がん、とテーブルが鳴った。ニコラが拳で天板を叩いたのだ。千晴は思わず、「ニコラ」と青年を制する。

「酔っ払いのたわごとです」

囁くと、ニコラは嘘のように穏やかになった。いきり立っていた肩が鎮まり、椅子を蹴りかけていた姿勢から、静かに着座する。

「ニコラ、お前……」

ドン・ジェラルドが、その様子を見て瞠目《どうもく》している。出生の疑いに関しては異常なほど過敏な次男坊が、千晴の言葉ひとつで鎮まる。そのことに、ひどく驚いたようだ。

「……ふん、何だお前。その神父の犬になったのか」

ディーノが面白くなさそうに吐き捨てる。思った通りに異母弟が傷つき、突っかかってこなかったのが、ひどく不満なようだ。

「好き好き大好きって、ケツの穴を舐め回したのか？　ああそれとも、お前のほうが突っ込まれて――」

「舐め回したさ。それがどうした」

ニコラが断言した。

千晴はその隣で、がちゃんと音を立ててフォークを取り落とす。

威厳あふれるジェラルドまでもが、紅茶のカップを空に浮かせたまま、ぽかんと口を半開きにしている。ササキはティーポットの注ぎ口から紅茶を床に零しっぱなしの姿勢で固まり、ディーノも何を言われたのかわからない、という顔だ。

「いいか、よく聞けディーノ」

静まり返った食堂の中央で、ニコラが宣言する。

「俺は神さまなんぞ信じない。だがこの神父さまは心から信じる。この人こそが、俺の神だからだ」

「お、お前……」

「神を穢《けが》す者には死を」

すっ……と、立ち上がったニコラの人差し指が、ディーノの額を差す。

拳銃で撃つジェスチュア。

「言っとくが、脅しじゃないぜ」

脅しではない。現にニコラは幾度も、そしてつい先月にも、人ふたりの頭部を吹き飛ばしているのだ。彼が父やカロッセロ——つまり愛する者のためならば、その程度のことはやってのける男であることを、この場の誰もが知っている。

「……ニコラ！」

千晴もまた、立ち上がりながら、叱りつける声を、小さく、だが鋭く上げた。

「いけません。あなたは——もう殺してはいけません。人を傷つける行為は、いずれあなた自身の魂を殺してしまう」

「ハル……？」

「ニコラ、あなたは人を傷つけ殺すことでしか、愛を乞えないと思っている。罪を背負うことが、愛する者への忠誠心を証明すると思っている。でも愛は、そもそも忠誠と引き換えに贖《あがな》うものではありません」

——何を言っているのだろう、わたしは。

神父のくせに神も信じていない身が、姦淫《かんいん》の罪にまみれた身が、一人前に説教をする気か……と自嘲しつつ、千晴はニコラに告げずにいられなかった。

「それにあなたは、心が満たされないことへの怒りをぶつける相手を間違っています」

千晴の視線が、意図せずにドン・ジェラルドに流れていく。巨大ギャング団の長は、ぎくりと震えた。

「ドン・ジェラルド」

食堂に、千晴の声が凛と響く。

「あなたは昔、若い妻が不貞を働いたかもしれないという疑いを抱きながら、それを正面切って確かめるのを忌避して、すべてをうやむやにしてしまった。大らかな慈悲の心で妻を赦し、ゴッドファーザーとして生まれてきた子を受け入れたのではない。あなたは、本当はそんなに器《うつわ》の大きな人ではない。自分が寝取《コキュ》られ夫だったという事実と向き合うのが怖くて、男としての矜持が傷つくのを怖れて、臆病にも、真実から逃げただけだ。違いますか？」

「……ぬ……」

「その臆病さのツケを払わされているのが、ニコラだ。この若者は、かわいそうに、ずっとあなたの定まらない心に振り回されてきた。我が子として受け入れるでもなく、かといって不義の子として排斥するわけでもないあなたの中途半端さに苦しめられ、それでも不実な父を憎むこともせず、その愛を買おうと、この手を血で染め、自分をすり減らしてきた。あなたが内心では、自分の臆病さを受け継いで酒に逃げる長男よりも、ギャングとして生き、カロッセロのために身を粉《こ》にする覚悟のある次男のほうを頼もしく思っていることも、ちゃんと感じていたから――余計に、あなたに自分のほうを見て欲しい気持ちを掻きたてられてきたのです」

「ハ、ハル……」

息を呑むようなニコラの声。

おそらく彼は、生まれて初めて「理解者」というものに出会ったのだろう。ニコラ自身が自覚している以上の寂しさやつらさに思いを寄せ、それをそっと慰撫する手を持つ存在を、初めて感じたのだろう。

「――失礼をいたしました」

千晴は、そんなニコラには目をやらず、ドン・ジェラルドに対して、頭を下げる。

「帰ります。お車は結構。歩きますので」

反応できずにいるドンに背を向け、ドアに向かう。ドアは、ササキが慇懃な仕草で開いてくれた。そのまなざしには、千晴に対する感謝と敬愛の気持ちが隠しきれずあふれている。

「待ってくれ、神父さま――」

後を追おうとする息子を、ジェラルドが「ニコラ！」と制止する。

縋るような、威厳のない、ただの父親のような声で。

「ニコラ、行くな。行ってはならん！　わしは許さんぞ！　同性の聖職者との関係など、絶対に許さん！」

ニコラはそれを顧みることもなく、一度もためらいを見せずに、千晴の後を追って食堂から退室して行く。

後には、奇妙に虚しい、茫洋たる静寂が残された。

◇ ◇

明るい黄色。生命力あふれる赤。果物のように鮮烈なオレンジ。清楚《せいそ》さの薫る白。祭壇に活ける花が、夏のそれへと変わってゆく。

ここひと月ほどの間、バルトロ司教は入院加療中だった。カロッセロ邸で長く高いびきで寝込んだ後、一応、脳出血の検査をしたほうがよい、ということになり、数日の予定で入院したものが、思いがけない病気の兆候が複数見つかって、本格的に治療しなくてはならなくなったのだ。

「ご老体でもあるし……もう、復帰はないかもしれないな」

大聖堂のそこかしこの暗がりから、ひそひそ話が聞こえてくる。

「すると司教ご贔屓《ひいき》のあの日系人助祭は——？」

「誰が新しい司教になるかにもよるが、少なくとも今までのように大きな顔はできぬのではないかな？」

「いやいや、何しろあの美貌と色香だ。バルトロさまが亡くなっても、新しい司教の寝床に忍び込むだろうよ……」

ひっひっひっ、と響く野卑な声をすべて無視して、千晴は今、静かに大人しく暮らしている。

礼拝席を掃除し、祭壇を整え、祈りを捧げ、祭礼に奉仕する。皮肉なことに、千晴は今、人生でもっとも聖職者らしい生活をしていた。バルトロの庇護が解けるか解けないか、予断を許さない今、人目を引く派手な動きはしたくない。

ぱちん、ぱちん、と花ばさみの音。

きぃ……と、聖堂の脇扉が開く。

ニコラ・カロッセロは、相変わらず伊達男だった。職人に仕立てさせた上等な夏のスーツを、暑苦しいくらいかっちりと着込み、頭には夏用の中折れ帽を載せている。

「ハル神父……！」

礼拝者席の間。結婚式の時はヴァージンロードとなる通路を、ニコラが駆けてくる。ぱさり、と音がしたのは、あまりの勢いに帽子が途中で落ちたからだ。

ニコラの体が、背後から激しく抱きついてくる感触に、千晴は一瞬、ふっと目を閉じる。

若い男の匂いと熱。

その誘惑に逆らうには、渾身の意志力が必要だった。

「――どうして、ゆうべのディナーに来てくれなかった」

「離してください、ニコラ」

「ササキを使いにやっただろう？　なぜ断った？」

「離して」

「嫌だ」

「もうわたしに触れてはなりません」

「どうして！」

心外そうに問い質す声に、振り向きもせず答える。

「わたしは、あの夜のことを後悔しています。ほんの気の迷いで、あんなことをしてしまった。ですからもう、あなたのお誘いを受けることはできません」

告げながら、千晴の胸はずきりと痛む。

あの薔薇の香りに包まれた夜のあと、千晴はロッサのアデーレに「ニコラと寝た」ことを報告した。そうすることで自分の使命を思い出し、ニコラに対して生まれてしまった感情を心から追い出そうとしたのだ。アデーレは「でかしたわ」と喜び、「これでカロッセロの情報はこちらに筒抜けになる。奴らの命も風前の灯火《ともしび》よ」と歓声を上げたそうだ。

——ああ、そう、か……。

それを聞いた時、千晴は初めて、自分が何をしているのかを悟ったのだ。

——わたしがロッサのために働けば、いずれ、ニコラが命を奪われることになるかもしれないのか……。

そう考えた瞬間、千晴は心臓に氷の刃を当てられたような気分になった。そんな最初からわかり切っていたことを、どうして今さら、と思いつつも、冷たい汗の滲むような後悔を覚えずにいられない。嫌だ。ニコラを死なせたくない。ドン・ジェラルドや、あの酒乱の長男などどうなろうと知ったことではないが、ニコラだけは駄目だ。自分はカロッセロを潰したかったのであって、あの若者個人の命をどうこうしたいわけではないのだ。嫌だ、あの若者を傷つけるのだけは嫌だ。

すると後日、まるでそんな千晴の動揺を見透かしたかのような手紙が、アデーレから届いた。

――よくって？　もう、逃げることはできないわよ、神父さま。潜入スパイが潜入先で築いた人間関係に愛着を感じて裏切り者になってしまうのはよくあることだけれど、そういう輩の末路は……わかっているわよね……？

怖ろしい女からの手紙を、千晴は最後まで読まずに焼き捨てた。

めらめらと燃える手紙を眺めつつ、千晴はつくづくと自分の不覚悟を悔いたのだった。カロッセロに破滅をもたらすためならばどんなことでもしてみせよう、と腹を括っていたはずが、ニコラと出会い、思いもよらず情が湧いて、憎むことができなくなってしまった。まさか自分がカロッセロの人間に情愛を抱くことになるだなんて、思ってもみなかった。ただいつものように、近づいて利用するだけのつもりだったのに――と悔いても、もう時計の針をもとに戻すことはできない。

千晴はニコラを思った。ひたむきに自分に慕い寄る、孤独な姿を思った。ニコラ、ニコラ。

――わたしは、いずれあなたを裏切らなくてはならない……。

身を切られるような痛みの中で、千晴は心を決めた。

これ以上、ニコラと親密になってはならない。男への情ゆえに、家族の復讐を遂げることができなくなるなど、あってはならない。父も母も姉たちも、生きながら火に巻かれて死んだのだ。その苦しみと無念を思い出せ。そしてカロッセロへの怨みを忘れないためにも、ニコラのことはこの心から切り捨てなくてはならない。距離を置き、情けを捨てて、いつでも裏切れるようにしておかなくてはならない――。

「嫌だ……！」

千晴の心の叫びそのままのその声は、ニコラの口から発せられた。

遮二無二抱きしめられて、手から花ばさみが滑り落ちる。カシャーン……と、薔薇窓の光が落ちる聖堂に、金属の音が響き渡った。

「ハル、ハル……頼む、俺を捨てないでくれ」

ニコラは千晴を抱きしめながら、黒髪のつむじにキスをしている。

「この想いが罪だということはわかっている。あんたは男で――しかも、聖職者だ。だが……」

「離して」

「お願いだ、俺はもう、あんたがいないと生きていけない。あんたが、俺をこんなにしたんだ」

必死の、熱い声だった。掻き口説かれて揺さぶられ、千晴もまた、激しく揺れる。

「親父との関係に見切りをつけさせたのも、たとえドン・ジェラルドの子でなくても生きていけるのだと教えてくれたのも、あんただ。あんたが俺を救ってくれた……あんたが初めて、俺に光を見せてくれたんだ。あんたは、俺の救いの神だ、ハル神父——……どうか俺を捨てないでくれ……！」

——ああ。

千晴は目を閉じて息を止める。

どうして、こんなことになってしまったのだろう。この若者を誘惑する気満々でガスコへ戻ってきたあの時が、もう遠い昔のようだ。

初めてカロッセロ邸で過ごしたあの日の朝、千晴はニコラに抱かれたあとの昂揚感のまま、柄にもない説教をしてしまった。不実な父親を慕い、幼子の心のままひたすらその愛を求めているニコラが、かつて家族を一度に失い、大人たちの邪悪で不純な欲望にさらされ始めた頃の自分と重なったからだ。

ほんの、気の迷いだ。ふとした同情心だ。決して、愛ではない。なかったはずだ。

だが、あの朝ニコラは、自分が千晴に愛されていると感じたのだろう。このまま、たったひとりの父親に満足に愛してもらえないままでも、千晴の愛に充たされて、幸福に生きていけるかもしれない——と、希望を見つけたのだ。

そして千晴もまた、そんなニコラに、心を——。

「いけません」

千晴は首を左右に振る。黒髪がぱさりと揺れる。

「わたしに期待しないでください、ニコラ・カロッセロ。あの夜、わたしはただ、少し日陰の身の愛人生活に倦《う》んでいただけで、バルトロ師からあなたに乗り換えたつもりは、な――」

拒絶の言葉を言い募る千晴の頤《おとがい》を、ニコラが背後からくいっと持ち上げた。

「ん……っ！」

仰のかされながらのキスは、息が詰まるほど苦しかった。思わずもがいても、若者の腕は千晴から離れようとしない。

「ん、んん……！」

そして剣呑な意思を宿した指が、喉仏にかかる。

カチャ……と音がしたのは、拳銃を取り出して構えた音だ。

千晴のこめかみの右に、銃口の感触がある。

「……っ。わ……たしを、殺す気ですか……？」

さすがに、ぞっと冷たい恐怖が走る。だがニコラの手は喉首にしっかりと食い込んでいて、逃れようがない。もし千晴がもがいたりすれば、たちどころにその爪が喉仏を突き破るだろう。

「――そうすれば」

動けずにいる千晴に、ニコラが低く妖《あや》しく囁いた。

「いっそそうすれば、あんたを本当に俺だけのものにできる、な――」

殺してしまえば、俺以外の、誰にも抱かれない。もう、俺以外の誰かを見つめることもない。

「それこそが願ったり叶ったりだ」

異様な熱さでそう囁くニコラに、千晴はごくりと喉を鳴らした。

――本気だ。

この若者は、本気で自分を撃つつもりなのだ。ガスコ中央駅でチンピラを撃った時のように、何の躊躇もなく引金を引くつもりなのだ。

千晴は目を閉じ、体を固くする。痴情のもつれの果てに、自分に執着するギャングに撃たれるなんて、あるいは自分にお似合いの最期かもしれない。そう思うと、恐怖の中に可笑しみさえ湧いた。覚悟を決めて、その時を待つ。

だが次の瞬間、千晴の喉首を押さえていた手が不意に肩にかかり、ぐいっと突き離された。何が起こったのかわからず、ただ戸惑っていると、その手を通して、ニコラの震えが伝わってくる。

「わかってくれよ……！」

声までもが、戦慄《わなな》いている。その真剣さに、思わずうなじがぞっとそそけ立つ。

「わかってくれよ、神父さま！　俺はあんたが欲しいんだ！」

ニコラが思い詰めた声で叫ぶ。

「ニコ……」

思わず息を呑んだ千晴に、さらに身を切るような声が迫る。

「欲しいのは、あんたの体だけじゃない！　そんなもんじゃもう足りないんだ！　俺は……俺は、あんたに愛されたいんだ！　あんたの心が欲しいんだ！　わかってくれよ！」

悲鳴のような声が、薔薇窓の聖堂いっぱいに響く。

その残響も消えない間に、身を翻したニコラは、懐に拳銃を仕舞いながら通路を駆け去り、脇扉から飛び出て行く。

その背を、千晴は突っ立ったまま、なすすべもなく見送った。

「ニコラ……」

――あんたが欲しいんだ……！

喉に残る男の手の感触を、俯きながら指で辿る。

何と熱い告白だろう。何と切実な求愛だろう。

ニコラにとって、千晴を殺すことなどたやすい。あるいは、どこかに閉じ込めて、ニコラだけのものになると承知するまで、散々になぶりものにすることも可能だろう。だがニコラはそうしなかった。千晴の首に手をかけたあの瞬間、きっと心底そうしたかったのだろうに、できなかったのだ。

それほど千晴を、大切に想っているのだ。あのギャングの若者は――。

「……ニコラ……」

心臓が痛む。

駄目だ。もう駄目かもしれない。

いずれ裏切らなくてはならない相手だというのに。

もう彼を、切り捨てられないかもしれない――。

唇を嚙みつつ俯くと、ふと通路に転がる中折れ帽が目に留まった。

まだ真新しい、夏用の——ニコラのような伊達男によく似合う、それ。

千晴はそれを拾い上げた。そして、おそらくもう間に合わないだろうと思いつつも、ニコラの後を追って聖堂の脇扉を押し開ける。

ガスコの街角は、すっかり夏の装いだ。大聖堂のちょうど道を挟んで斜め向かいに、見覚えのあるリムジンが停まっていた。

ニコラが、後部座席に乗り込もうとしている。付き従うようにドアを開いている男に見覚えがあった。あの顎の長い風貌は——確か……。

その時だった。ギュギュギュギュギュッ、と激しいブレーキ音と共に、猛スピードの車が角を曲がってきたのは。

千晴の目が、その車窓から覗く細長い銃口を捕える。

——機関銃……！

「ニコラ！」

千晴の叫びに、ニコラがはっと顔を上げる。

ダダダダ……と、機関銃が唸《うな》りを上げた。

たちまち、住宅の塀、歩道の舗装石、街路樹の幹、そしてリムジンの車体が弾け、夥《おびただ》しい穴が穿《うが》たれた。ニコラと、そしてテオが歩道に倒れ込むのが見える。

千晴は、自分が叫んだことを知覚できなかった。ただ夢中で、走り去る車の猛塵《もうじん》も治まらないうちに、階《きざはし》を駆け下り、撃たれたリムジンに駆け寄っていた。

「ニコラ！」

凄い血。

歩道一面を、真っ黒に染めるほどの、血――……。

「ニコラ！　ニコラ！　ニコラっ……！」

必死で叫ぶ。

叫ぶことばかり繰り返したせいで、息を吸うのも忘れ、くらっと目の前が昏くなった。嘘だ、嘘だウソだうそだ……！

ついさっきまで、この若者は図々しいくらい元気いっぱいに生きていたのだ。ままならない恋に少しやつれてはいたけれども、それでも、輝くような傲慢な若さを、全身から放っていたのだ。千晴が、つい妬ましく感じるほどに。

それが今は、こんなボロ雑巾のような姿で転がっているなんて、嘘だ。

誰か嘘だと言ってくれ――！

ふっ、と目の前が昏くなる。次に視界が戻ってきた時には、千晴は路傍に膝を突いていた。

「ニコラ……ニコラニコラ、へ、返事を……！　返事を、して……！」

お願い、声を聞かせて。そう掻き口説きながら、泥や血がつくのも構わず、両手で、まだ温かい、けれど血の止まらない男の体を揺さぶった。あまりに無残に引き裂かれて、どこが頭でどこが手足かもわからないそれを。ただ一心に。

すると――。

「……ハル……？」

打ち重なったふたりの男の体の、下になったほうから、声が上がった。

千晴は思わず、その場にべたん、と腰を落とす。

「ニコラ、ニコラあなた……！　い、生きて……！」

思わず、裏返った声が出た。

生きている。ニコラが生きている。どうしようもないほどの歓喜と安堵が湧きあがり、千晴は胸を詰まらせた。感情の波が、どっと押し寄せてくる。ついさっきまで、この若者とどうやって縁を切ろうかと思い患っていたのに、何もかもがこの一瞬に飛び散ってしまった。この若者が生きているのなら、とりあえず、今は他のことなどどうでもいい。ニコラ――……！

そのニコラは、しばらく何があったのかわからない、という風に、自分の上に重なる男の顔と、傍らにへたり込む千晴のそれとを交互に見ていたが、やがて、はっ、と覚醒した。

「――テオ……？」

ゆさゆさ、と男の体を揺らす。

「テオ、お前っ……！　テオ！」

ニコラは全身血まみれだったが、それはほとんどテオの体から流れ出したもののようだった。

そしてテオは、何の反応も返さない。

「馬鹿野郎、死ぬな！　こんなところで死ぬな！　テオぉっ！」

忠実なるカロッセロ構成員にして、ニコラ・カロッセロの側近である長顎のテオは、身を以《も》ってニコラを庇い、ガスコの街中で命を落とした。


テオの献身によって致命傷は免れたものの、ニコラもまた、無傷というわけにはいかなかった。左肩、そして右脇腹に弾丸がかすり、輸血を伴う大がかりな手術を、しかも緊急で受ける羽目になった。

「ニコラ……」

成り行きでそれに付き添った千晴は、まだ麻酔の醒《さ》めない青年の傍らに、茫然と座り込んでいる。

まだ抗生物質の普及していないこの時代、深い外傷の手術は命懸けだ。たとえ手術が成功しても、予後が悪く感染症でも起こせば、簡単に死に至ってしまう。縫合で傷は塞げたとしても、うまく麻酔から醒めるかどうか、予断を許さない。

「ニコラ……ニコラ……」

黒髪と黒いキャソックのせいで目立たないが、千晴もまた全身に血を浴びていた。シーツを摑む白い手にも、白桃の頰にも乾いた血液がこびりついている。目は開いているが焦点が合わず、顔色の悪さは死人同然だ。

――機関銃の音が、まだ耳の底にこびりついている。猛スピードで走り去る車のタイヤの軋みも。

そして歩道に広がる、血、血、血……。

「……っ」

たまらず、目を閉じて顔を覆う。

千晴は、両親や姉たちの最期を記憶していない。周囲の大人たちがまだ少年だった千晴に無残な焼死体を見せまいと配慮したのかもしれないし、千晴自身が無意識に記憶を封印しているのかもしれない。

だが目の前で起きたテオの死は、封印しようがないほどに生々しいものだった。それに、あの時共に倒れたニコラの、血にまみれた姿も。

「うっ……」

嗚咽《おえつ》が漏れる。

もう駄目だ――と、千晴は思った。これまでにも何度か感じてきたことだが、もう駄目だ。

あの光景を見てしまったあとでは、もう何も誤魔化せない。もう自分に嘘はつけない。わたしは、ニコラを。この若者を――。

千晴はそれでも、歯を食いしばった。その先の言葉だけは、口から出せば最後だ。

その言葉だけは――。

「う……う、ん……？」

昏々《こんこん》と眠っていたニコラに、覚醒の兆しが現れた。千晴はハッ、と息を呑み、身を乗り出す。

「ニコラ」

飴色の目が、ふわりと開く。

「……神父さま……？」

ここは天国なのか、などと呑気に呟くニコラに、これまでの心配が裏返り、怒りが先立った。

「ギャングが、何を図々しい」

千晴は憎たらしさを込めて吐き捨てる。

「あなたのように愚かで考えなしで兇暴でわがままな人が天国に行けるのなら、わたしの死後は大天使に昇格です」

「おいおい、いきなりきついな……」

「あなたなんか、地獄に堕ちればいい」

「……おいおい……」

ニコラが、どうしよう、という顔をしている。困ったな、これはかなり怒っているぞ。どうやって宥めよう……。

その顔を見た瞬間、千晴の中の何かが千切れ飛んだ。この男は、まったく、勝手に死にかけておいて、人の気も知らないで！

「ギャングなんか……ギャングなんか、みんな、地獄へ行けばいい――……！」

いきなり、千晴は叫んだ。それは、怒りとも悲しみともつかない発作だった。血のついた掌で顔を覆い、髪を振り乱して叫ぶ。

「世の中は綺麗事では動かない、と誰もが訳知り顔で言う。でもそれは、悪を悪と知りつつ排除できない自分たちの無力さに対する言い訳だ。ギャングを悪だと知りながら、裏ではギャングを必要とする。みなが、そんなだから――……自分たちの弱さや狡《ずる》さと、向き合おうとしないから……！」

「し、神父さま――？」

いきなりの支離滅裂ぶりに、ニコラが戸惑っている。

「だから、わたしのように、いつも、いつも、大切なものを奪われる人間が生まれてしまう……！　愛する者を、愛する端から、残らず奪われてしまう人間が……ッ！」

うわぁ……！　と、千晴は泣き崩れた。ニコラは無言だが、おろおろと戸惑っている気配が、目を向けずとも伝わってくる。

「あなたが、し、死んだ、の、か、とっ……！」

「神父さま……」

「あ、あなたまで、こ、殺されたのかと、思っ……思っ……！」

もう言葉にならない。シーツの上に突っ伏し、ただただ、心中に渦巻くものを吐き出すように、激しく泣く。

ニコラは、横たわったまま茫然としている。

「神父さま……あんた……」

「嬉しそうな顔をするなっ、ばかっ！」

思わず怪我人を殴りそうになり、千晴は寸前で自制した。代わりに、口を極めて罵る。

「こ、この好色漢！　スケベ！　ファザコン！　甘えん坊！　ドラ息子！　えっと、それから、それから……！」

「もういいよ、神父さま。もういいって」

ニコラが苦笑している。

「とりあえず、あんたが俺のことを大好きで、今まで心配で心配でたまらなかったのは、よーくわかったから」

千晴は今度こそ本気でニコラを殴りたくなり、代わりに、その場にあったクッションを思い切り壁に叩きつけた。

＊　＊

ばふっ、と柔らかいものが叩きつけられる音に、ドアの外にいたササキは、うっと仰《の》け反《ぞ》った。

謹厳な執事の背後には、ドン・ジェラルドが立っている。ふたりはそこで、たった今まで、錯乱する神父の声を聞いていたのだった。

——とても室内に入れる雰囲気ではない。

なぜなら、ササキは知っていたからだ。今、室内にいるふたりが、普通の関係ではない、ということを。

あの日系人神父が、ニコラの熱烈な片思いの相手で、神父のほうもまた、ニコラを憎からず想っているということを。

ふたりの間にはすでに肉体関係があり、なのに、今ひとつ心を通わせることができずにいた、ということを——。

（それが、とうとう……）

ササキは背後にいる主人の存在も忘れ、つい涙ぐんでしまった。

ニコラは長く、気がかりな子どもだった。不義の子だという噂に苦しめられ、父親の愛に飢え、荒んで、孤独だった。

そのニコラに、ついに大切な人ができたのだ。ようやく、彼に真実の幸福が訪れたのだ。

うっ、と嗚咽を噛むササキの背後で、ドン・ジェラルドが、くるりと踵《きびす》を返す。

「旦那さま——……」

病室の前から去ってゆくその背には、寂寥《せきりょう》感に満ちた老いの陰と、敗北感が重く伸し掛かっていた。

◇　◇

ニコラは幸せだった。いや、夏の盛りだというのに、脇腹に穴の開いた体はまだシャワーも浴びられないし、包帯は蒸れて鬱陶《うっとう》しいし、扇風機は熱風を送ってくるだけで役立たずだし、医者の腕は悪いし、おまけに再度の襲撃を警戒して病室には厳《いか》めしい顔の構成員《モッブ》が常にふたりほど交代で詰めていて、痒《かゆ》みからくる苛立ちを倍増させるし、何より側近として気心の知れていたテオを失った痛手は大きくて、色々な意味で最悪な日々だったが、それでもニコラは幸せだった。

なぜなら、何だかんだ言いつつも、ハル神父がぽつぽつと見舞いに来てくれるからだ。毎回ゴミを見るような目で顔を顰め、「まだ死んでませんでしたね。この人でなし」などと冷酷な罵倒をくれるが、来訪ごとのそんな不毛なやりとりすら、もはやニコラにとっては得も言われぬ悦びになりつつある。

この美しい神父の口の悪さは、愛情の裏返しなのだ。そんなことはもうとうにバレてしまっているのに、相も変わらずニコラに冷たい神父が、心の底から愛おしい。

「あなたのような薄情な主人に尽くして死んだ彼《テオ》が、あまりにも哀れですから」

そう言いつつ、神父はテオの葬儀も丁重に取り仕切ってくれたそうだ。参列できないことを残念がるニコラに、ハルは葬儀が済んだその足で病室を訪れ、「ふたりで祈りましょう」と告げた。美貌の神父はそのために、墓前で捧げるべき祈りをわざわざ一節、残しておいてくれたのだ。ふたりは共に忠誠を捧げ尽くして逝《い》った長顎の男の死を悼《いた》み、病床で祈りを捧げた。

テオが哀れだからと言いつつ、ハルはおそらく、自分のためにそうしてくれたのだろう……とニコラは思っている。ニコラが側近の死に打ちのめされてしまわないように、できるだけ心残りなく友の魂を送れるように……と配慮してくれたに違いない。これは、自惚《うぬぼ》れではないはずだ。というより、そう自惚れられるようになったことが、ニコラにとっては大きな進歩と言えた。

愛されていることを感じ、それを信じることができる。これこそが長年、ニコラが渇望していたものだった。ドン・ジェラルドが、決して自分にはくれなかった愛を、この口も態度も悪い神父がくれるのは、思えば不思議なことだったが、これも巡り合わせというものだろう。

傷はなかなか治らなかったが、それでもニコラは幸せだった。だがそんなニコラの前に、ある日突然、神父は赤ん坊を抱いた姿で現れたのだ。

「ニコラ、少しお湯を分けていただけませんか」

火がついたように泣く赤ん坊をよしよしとあやしつつ、神父は困惑顔で病室に入ってきた。突然のことに、ニコラはもちろん、警護役の構成員《モッブ》までもが、面食らった顔をしている。

「し、神父さま、あんた――……」

しばらく絶句し、ニコラは真摯に告げた。

「安心しろ、責任は取ってやる。とりあえず式は大聖堂でいいか？」

「膿《うみ》が脳に回ったんですか」

神父は本気で怒る一歩手前の顔だ。

「笑えない冗談を言っている暇があるなら、そこの木偶《でく》の坊たちにミルクの用意くらいさせたらどうです。この子はお腹を空かせているんです」

この時代、粉ミルクは不完全ながら製品化されて普及しつつある途上だった。ニコラの手下たちが大騒ぎしつつ用意した哺乳瓶のミルクに、赤ん坊は待ちかねたように吸いつき、小さな口でちゅっちゅと音を立てて飲んだ。ニコラはその様子を、目を丸くして凝視している。

「……で？　そのガキは、どういう素性のガキなんだ……？」

まさかどこかの女に産ませたんだなんて言わないよな――と警戒していると、

「テオの子ですよ」

神父は、哺乳瓶を支えながらあっさり答えた。ニコラは「ええ？」と声を上げる。

「あいつ、ガキがいたのか？　そんな話は聞いてないぞ？」

「正確に言えば、テオが面倒を見ていた子です。憶えているでしょう。あのチーノという男のことを」

「中央駅であんたを巻き込んで騒ぎを起こした？」

「ええ」

何もわからない赤ん坊とはいえ、その面前で「あなたが撃った男だ」とは言えなかったのだろう。美しい神父は痛ましそうなまなざしを、赤ん坊の顔に注いだ。

「あのあと、テオはすでに産気づいていたチーノの奥方を病院に担ぎ込んだそうです。診断されていた通り、危険な出産になりました。どうにかこの子は助かりましたが、やはり母体は持たなかったそうです。テオは親を失った幼子を哀れみ、知り合いの夫婦に預けて、養育費を援助していたとか」

テオらしい話だ。厳つい顔で新生児を抱いて困惑している様子が目に浮かぶ。だが――。

「それが何でまた、あんたのところに？」

「テオの死で援助の途絶えた夫婦が、もう育てられないと言って教会に預けに来たからです」

「……」

ニコラは呆れた。ずいぶんと薄情な養親もあったものだが、犯罪者の父親を持つ子となれば、そんな金銭づくの養親しか預け先がなかったとも考えられる。テオにとっても、たぶん苦渋の選択だったのだろう。

「大聖堂には、養護院が併設されていたんだったか、そういえば」

「ええ――カロッセロからの献金のおかげでね」

ミルクを飲み終えた赤ん坊を立て抱きにして、とんとん、と背を叩く想い人の姿を、ニコラはベッドから見つめる。

「じゃあ、別にあんたが面倒を見なくても――……」

そもそもは神父を人質にしようとした男の子どもだ。赤ん坊が大好きでたまらないという柄でもあるまいに、どうして、手ずからミルクを飲ませるほどこの子どもに入れ込んでいるのだろう。

「施設の世話人のほうが、ガキの扱いにも手慣れているだろう？」

人に任せればいいのに――というニコラの言葉を、神父は険しい顔で遮った。

「あなたは養護院がどんなところか、ご存じない」

「……」

「あんな不衛生と職員の怠惰がはびこっている場所に、こんなひ弱い乳児を放り込んだら、まず生き延びられません。運よく育ったとしても……」

げふ、と赤ん坊の口から空気が漏れる。

「わたしのようになる」

満腹になったらしい赤ん坊は、神父のキャソックによだれを垂らしながら、あー、と声を上げている。

──わたしのようになる。

その言葉に、言いようのない衝撃を受けつつ、ニコラは問うた。

「あんた……養護院にいたことがあるのか？」

考えてみれば、自分はこの美貌の人の過去をほとんど知らないのだ、ということに、初めてニコラは気づいた。知っていることは三つ。血縁者がいないか、縁が薄いらしいこと。このガスコの出身であること。そして師であるバルトロとは、ずいぶん以前から肉体関係があったらしいこと……。

──まさか。

だがニコラの視線を受けた神父は、美しい瞼に宿った陰を、フッと顔を背けて誤魔化した。

そして何食わぬ顔で赤ん坊をあやす。

「よしよし、ああ、いい顔で笑っていますね。その調子でどこかのお人よしを誑し込んで、うまいこと養子に納まるんですよ。赤ん坊なんてかわいいだけしか取り柄がないんですから。がんばりましょうね、お互いに」

赤ん坊に何てことを言うんだ、と思いつつ、ニコラはハルを見つめていた。

ガスコがすべて雨雲の中に入ってしまったかのようだった。ゴロゴロと雷鳴すらも轟き始め、千晴は驟雨《しゅうう》の中、赤ん坊を抱えて全力で走った。

なるべく濡らさないように体で庇っているが、赤ん坊はすでに泣き声を上げ始めている。「ああ、もう」と千晴は舌打ちした。

「もう少し我慢して――……！」

ようやく首が座ったばかりの赤ん坊に、それは無茶な要求だろうと思いつつ、千晴は懇願せずにいられなかった。今は着替えもミルクの用意もしてやれない。だが大聖堂までは、まだうんざりするほどの距離がある。

仕方がない、と千晴は判断した。一度、どこかで雨を凌《しの》いで休もう。なるべく早く温かい寝床に入れてやりたいが、大聖堂まで一気に駆けるほどの体力は、千晴にはない。

（まったく）

一度赤ん坊を見せてくれ、などと、いかにも望みありげな言葉につられて、のこのこと外出などするのではなかった。赤ん坊の肌の色を見て渋い顔をするような養親だと知っていたら、最初から言下に断っていたのに——。

「よしよし。こんな日に連れ出したりして、あなたには悪いことをしましたね」

閉店中の商家の軒先に飛び込み、肌着が濡れて泣き叫ぶ赤ん坊を、必死で宥める。

「何とか、あなたをいい家族に巡り会わせてあげたくて、これでも必死なんですが……なかなか、うまくいかないですね」

先日ニコラが言った通り、教会に預けられた孤児はこの子だけではない。その誰もが、細やかな世話も受けられず、動物のようにただ餌《えさ》を与えられるだけの育てられ方をしているのだ。「情が移った子どもだけに必死になって」と、千晴を非難する声も、ぽつぽつ耳に入るようになった。

「……何をしているのだろう、わたしは……」

激しい雨の中、引き裂くような赤ん坊の泣き声を聞いていると、急に、惨めさが襲いかかってくる。赤ん坊を哀れみ、その幸福を願って必死で行動するなど、まったく千晴の柄ではない。その柄でもないことに夢中になっているのは、ただただ、現実逃避のためだ。

——ロッサと通じている身で、ニコラと心を通わせてしまった……。

先を考えれば不安しかないそんな重い現実も、とにかく何から何まで手のかかる赤ん坊を抱えて奔走していれば、一時遠くへ押しやり、考えずに済ませることができる。

そんな卑怯《ひきょう》な逃げの挙句、何も知らない赤ん坊を雨ざらしにして、この姿のみっともなさときたら、どうだ。あれほど念願だった復讐すらも中途半端に放擲《ほうてき》して、いったい、自分は何をやっているのだ。

「偽善だ。こんなのは――」

所詮、神を信じてもいない神父のすることだ。わたしは結局、この子の将来を真剣に考えているわけではないのだ。ただ、現実を忘れたいという自分の都合を満たすために、利用しているだけだ――と、不毛な思考に陥りそうになったその時、真正面から、ふっと影が差した。

顔を振り上げた目の前に、傘を差しかける伊達男の姿があった。先日ようやく自力で歩けるようにはなったものの、まだ入院しているはずの男が。

「ニコラ、あなた――……」

「来い」

その手がぬっと伸びてきて、千晴の肘を摑む。

「ここでしゃべっている暇はない。一緒に来い」

「ニ、ニコラ？」

「さあ早く――そのままじゃ、ガキが風邪を引いちまう」

腕を引かれるままに、千晴はニコラの傘の中に導かれ、どこへ行くとも知れない道を、寄り添い合って歩く羽目になる。

雨は降り止まない。

思わず見上げたニコラの顔には、何かひどく真剣なものがあった。

「おかえりなさいませ、ニコラ坊ちゃま」

「ただいま、マーゴ」

ニコラが傘を畳みながら笑顔を向けたのは、黒人の年配女性だった。やや肥満気味な体つきながら、動きやすそうで清潔な服を着て、こまめに生活を切り回しているしっかり者の雰囲気が伝わってくる。

「途中でお客人を拾ったんだ。乾いたタオルと着替えを頼む」

「まあまあ、神父さまも赤ちゃんもずぶ濡れじゃありませんか。難儀でしたねぇ」

マーゴという老婆は、全身から歓迎の気持ちを発散させつつ、ニコラとその連れである千晴を屋内に招き入れた。玄関前にテラスのある、初期植民地風様式《アーリーアメリカン》のこぢんまりとした家だ。

「マーゴは、俺のガキの頃の乳母《ナニィ》でね。昔は散々面倒見てもらったものさ」

ニコラの紹介に、マーゴはホホホと笑う。

「まあそんな、ただの女中ですよ。坊ちゃんがわたしに懐いてくださったおかげで、何となくそんな感じになってしまっただけで」

大病を患ってカロッセロ邸の勤めを辞してからは、この街中の小さな家の管理を任せているのだと、ニコラは言う。家屋や土地はニコラが亡き母親から相続した彼固有の財産だそうだが、資産家の家にあるまじき生活臭の沁《し》みついた家具調度といい、キッチンの奥から聞こえるラジオの音といい、見たところこの家の一階部分は、完全にこのマーゴという老婆の生活の場になっていた。おそらくニコラは、管理を任せるという名目で、この隠退した乳母に収入と住居を与え、生活の面倒を見てきたのではないか——と、千晴は憶測する。

「マーゴ、赤ん坊を任せていいか。俺はこの神父さまを風呂に入れて温めてくるから」

「はいはい、確かに任されました。まあまあ、こんなに力いっぱい元気に泣いて、いい子ちゃんでちゅねぇ〜」

絶叫する赤ん坊を、困惑もせずに受け取り、堂に入った手つきであやしながら、マーゴはキッチンの奥に消える。

「さあ、ほら、神父さまはこっちだ」

何が何だかわからないうちに、千晴はニコラに手を引かれて、二階に引っ張り上げられていた。そして三十分ほど後には、さほど豪華ではないが居心地のいいゲストルームで、ほかほかとシャワーに温められた体にバスローブをまとい、ベッドに座らされていたのだ。

「ふー、さっぱりした」

タオルで金髪を拭き拭き、ニコラがやはりバスローブ姿で現れる。千晴のあとに、彼もまたシャワーを浴びてきたのだ。何やら、カロッセロ邸にいた時よりものびのびと振る舞っている。

「……あなた、今はここに住んでいるんですか？」

脱いだ部屋着が無造作に椅子の背もたれに掛けられている様子や、細々としたものの散らかり具合。

そこかしこに生活の痕跡がある部屋を見回して、千晴は尋ねる。先ほどのマーゴとのやりとりといい、どうやらニコラは退院以来、カロッセロ邸には帰っていないようだ。

「ああ、絶賛家出中さ。退院直前に、親父と大喧嘩しちまって」

「お父さまと？」

驚く千晴の目前で、バスローブ姿のまま、ニコラは一人芝居を始める。

「あの神父と関係を断たない限り、わしはお前を息子とは認めんぞー勘当だー！　上等だー！　どうせ最初から息子だなんて思ってもねぇくせに、こんな時だけ親父面すんじゃねー！　俺こそもうあんたを親父だとは思わねぇ！　家にゃもう戻らねぇぞー！　……ってまあ、怒鳴り合うわ掴み合うわで、病院中大騒ぎさ。最後には院長まで飛んできて、他の入院患者を動揺させるから早く出てってくれって引導渡された」

ふふん、と鼻を鳴らすニコラを、千晴はおやおやと思いつつ見つめ返した。親離れしようとする息子と、己自身の価値観に従って生きようとする息子を受け入れられない父親との間で軋轢《あつれき》が起こる——というのはありがちなことだし、それ自体はまあ、親離れ子離れの通過儀礼のようなもので、決して悪いことではない。だがギャングのドンとその息子が摑み合いの喧嘩とは、想像するに、病院のスタッフもカロッセロの部下たちも、さぞ対応に苦慮したことだろう。「人に迷惑をかけたことを自慢する人がありますか」と思わず説教してしまったが、視線は思わずシャワーを浴びたばかりのニコラの胸元に吸い込まれてしまう。

すっかり一人前の男性として成熟し自信を得たようなそれからは、得も言われぬ色気があふれている。

そして、さして広からぬベッドルームに、バスローブ姿の男がふたり。

（場末のモーテルにしけこんだカップルみたいだ……）

ついそんな想像をしてしまい、千晴は自分の想像力の俗っぽさに自己嫌悪を抱く。そんな千晴を見て、ニコラはにやりと笑った。

「何か、家出したヴァージンをホテルに引っ張り込む悪いギャングになった気分だ」

「……っ」

千晴はつい、その場にあったクッションをニコラに投げつける。クッションは、馬鹿笑いしているニコラの胸元に、ぼんっと音を立ててぶつかった。

「あなたが悪いギャング以外の何だと言うんですか、図々しい！」

「わあ、神父さまが怒ったぁ」

子どもの声音で茶化すニコラを、ぎりっと睨みつける。

「それに……わたしがとうにヴァージンじゃなかったことくらい、あなたもご存じでしょうに」

照れ隠し半分、ふてぶてしく自虐する千晴に、ニコラは「ああ、その話がしたかったんだ」と、クッションを抱えたまま姿勢を正した。

「あんたがあの赤ん坊に入れ込むのは、自分が養護院時代にクソ坊主に犯されたからか？」

心にぐさりと何かが刺さる。

「……身も蓋もない聞き方をするんですね」

いつか尋ねられるだろうと思ってはいたが、ニコラは千晴が想像していた以上に単刀直入だった。正直、怖い、と思うほどに。

こういうところ、この青年は確かにギャングだ——と、改めて感じさせられる。

「あんたのことは何でも知っときたいし、だったら遠回しにチクチク古傷を突いたほうがいいってことはないだろう。ん？」

「……」

千晴が黙ったのは、ニコラの言い分の正しさを認めたからだ。こういうことは、どう尋ねようとも結局は相手を傷つける。小さく幾度も傷つけられるくらいなら、ひと思いにぐっさり来られたほうがまだましというものだ。

それから、長い沈黙があった。階下からはラジオの音声が漏れ聞こえてくる。黙って唇を嚙みしめている千晴を前に、ニコラは、せっつくようなことはせず、辛抱強く待っていた。

「——そうです」

千晴は俯きつつ答える。

「わたしは……家族をすべて失い、養護院に引き取られて——そこで、まだ一介の神父だったバルトロ師に……」

「家族を失った事情は？」

「……火事です」

千晴はとっさに誤魔化した。ロッサとカロッセロの抗争に巻き込まれたのだ、という話は、自分の正体を隠すためにも、ニコラに聞かせるわけにはいかない。代わりに、ニコラもお気に入りの黒髪を、さらっと指で梳《す》き流してみせる。

「わたしは今でも美しいですが、当時はそれこそ、神懸かった美少年でしてね」

「——あんたの場合、その自己評価は図々しいとは言えないな。それで？」

「わたしどもの宗派の聖職者が、独身を義務付けられていることはご存じですね？」

「まあ、な」

「性欲をもてあました独身男と同じ空間に、頼る者とてないひ弱な孤児が囲い込まれていては、起こることはひとつです。ましてこのあだな美貌があっては、ひとたまりもなかった。むしろバルトロ司教のものと周囲に認知されて、彼以外の人は手を出してこなかったのは、不幸中の幸いだったかもしれません。もしわたしに、ひとりでも目を光らせている大人の血縁者がいれば、師も手を出さなかったでしょうが……」

いや、それでもやはり、バルトロは千晴の口を巧妙に塞ぎつつ、事に及んだだろうか。性的虐待に遭った子どもは、あまりの傷の深さと、他に漏らせば自分のほうが非難にさらされるかもしれないという怯《おび》えから、滅多なことでは被害を告白することはない。年齢が幼ければ、自分が何をされているのかもよく理解できないまま、大人になってしまうこともある。バルトロのような男たちは、そのことを知り、巧妙に利用することに長《た》けている。今思えば、あの養護院は妙に重く淀んだ空気が立ち込めていた。おそらく当時、被害に遭っていた子どもは、千晴だけではないだろう。

「わたしもいつかはまた他の教区へ異動するかもしれませんし、そうなった時、後見人も血縁者もいない、しかも犯罪者の子という烙印を背負ったあの子がつらい目に遭わされる可能性は、かなり高いと言わざるを得ません。わたしは、どうしてもそのことが、生理的に受け入れられない。わたし自身は、出世や地位のために男を誘惑することなど、もう平気になってしまったのに――……いいえ、だからこそ、わたしの複製《コピー》など、もうひとりも生まれてほしくない」

「……」

「あの子には、どこかの真っ当な家庭で、真っ当な育て親から豊かに愛情を注がれて育ってほしい。どうして、他にも似たような孤児が沢山いる中で、あの子に限ってそんなに入れ込むのかは、わたしにもうまく説明できないのですが――……」

「それはな、あんたがやさしいからだよ。神父さま」

「……？」

本気で何を言われたのかわからず、千晴は首を傾げてニコラを見た。

やさしいって、わたしが――？　このわたしが……？

「あんたが、不義の子呼ばわりされてやさぐれていた俺の寂しさや悲しさを見つけて、寄り添って同情し、不実な親父に執着するのを止めさせてくれたおかげで、俺は救われた」

ニコラは、ギャングらしからぬ、ごく普通の青年の顔で告げる。

「それと同じように、あの赤ん坊は、あんたの『自分のような目に遭わせたくない』『自分のようになってほしくない』という思いによって救われるだろう。たとえ結果的に、救われるのがあのガキひとりだけでも、そうならないよりはずっといいさ」

若い手が、千晴の手を取って、うやうやしく口元へ導いていく。敬愛のキスの感触が、手の甲に弾け、千晴は茫然と、ニコラの顔を見つめ返す。

「あんたは自分で思っているような冷血漢でも、聖職者の身でありながら姦淫の罪を犯す破戒者でもないんだ、ハル神父。あんたはあんた自身が思うよりも、もっとずっと人間らしくて温かい人だよ。すべての子どもを幸せにしようだなんて、できもしない博愛主義を振りかざしたりしないことも含めて」

「ニコラ――」

「でも、つらかったな、今まで」

ぽつりと零したニコラの言葉に、千晴は思わず息が止まった。

――つらかったな。

そうだ、わたしは、つらかったのだ、と、千晴はこの時初めて実感した。家族を失い、師に裏切られ、もの扱いされながら、必死で何かを求め続けた日々。行く手に希望すら見えなくて、つらいと感じることを止めてしまった日々。

その日々が、今ここに——この青年の手によってやさしく抱きしめられたのだ。

家族の仇と憎んだギャング団の息子の——けれど同じく愛に飢えていた仲間だった、ニコラ・カロッセロの手で——。

ラジオの音が聞こえる。陽気な音楽は、チャールストンだろうか。

ほろほろと泣き始めた千晴を、歩み寄ってきたニコラが抱擁する。

千晴はその腕に体を預け、顔を上げて、ニコラを見つめた。

雨音よりも淫らに熱く濡れた、深いキスの音が立ち始めた。


重苦しい雨の中、レインコートをぐっしょりと濡らした姿でカロッセロ邸に現れた男の顔を見た時、ササキは嫌な予感に捕われた。

平凡な、だがとびきり陰気な顔をしたこの男がカロッセロ邸に現れる時は、だいたいその後ろくなことが起こらない。つい先日、ニコラが襲撃された時。ディーノが酒浸りになり始めた時。ずっと昔、まだ幼かったニコラがダイナマイトを持ち出した時。それよりもっと昔、ドン・ジェラルドが若い後妻を娶《めと》った時——。

いや別に、この男が意図的に不幸や災いのタネを播《ま》いて歩いているわけではないのだから、忌み嫌

うのは失礼というものだ。カロッセロ家に何か騒動が持ち上がるたびに、情報屋のこの男が動員されるので、必然的に災いの渦中にこの陰気な顔を見る機会が多いというだけのことだ。そうと理解していても、ササキは男を主の書斎に案内しながら、嫌な気分が降りてくるのを、どうすることもできなかった。

「旦那さま、キャスティさまがお見えです」

「入れ」

許可の声に応えて、重厚な樫の木の扉を開く。ドン・ジェラルドは、心なしかやつれて老け込んだ顔で、部屋の空気が濁るほどに葉巻をふかしていた。

（お客人が帰られたら、部屋を換気させていただかなくては――）

主人の体を憂慮しつつ、ササキは思う。

このところ、ジェラルドは葉巻の量が増え、風格あふれるしつらいだったその書斎は、やや荒れた風が目立つようになっていた。絨毯《じゅうたん》には焼け焦げの痕があり、カーテンには煙の臭いがついて、壁紙はうっすらとヤニをかぶっている。この家の主であるジェラルドの行為に文句を言うことはできないが、それとなくお控えいただくようにご忠告しておかなくてはならない。

情報屋のキャスティは、ササキに促されて入室したあと、まだ扉も閉じないうちにドン・ジェラルドに向けて書類袋を突き出した。

「例の神父の身辺調査の結果です」

挨拶も何もない、藪から棒の切り出し方だ。

こういうところ、なるほどこの男は「情報屋」だった。カロッセロの構成員ならば、ドン・ジェラルドに対しては中世の騎士さながらに丁重な礼を尽くす。その点、この男はあくまでもビジネスとして接してくる。もっとも、そういうところがジェラルドの信頼を得ている理由でもあるだろう。部下たちでは、ドンを怒らせるような悪い情報は、勝手に淘汰《とうた》してしまう可能性がある。

(それにしても、神父、とは例の――ニコラさまの想い人の……)

扉を閉ざしつつ、日本製の陶器人形そのもののような嫋《たお》やかな美貌を脳裏に描いて、ササキはやや複雑な気持ちになる。

基本的に、ササキはニコラの味方だ。彼がそれで幸せになるのならば、相手が誰であれ、後押ししてやりたい。先日、ニコラが父との大喧嘩の末に家を出たことも、自立の一歩だと応援している。

だがドン・ジェラルドは、おそらく次男の恋を絶対に許すまい。何と言っても相手はカトリックの戒律で禁じられている同性だし、父親としての不実を容赦なく指摘された件も、口にこそ出さないが、かなり業腹であるに違いなかった。

(旦那さまは、おふたりを引き裂くおつもりで、神父さまの身辺を調べられたのだろうか――……)

もしもジェラルドが本気でふたりを別れさせようとした時は、さて、自分はどうすべきだろう。長く勤めているとはいえ、ササキは一介の雇い人でしかない。ご家族に持ち上がった騒動に口を出すことなど、許されるはずもない。

だが、ようやく出会うことができた想い人と別れさせられるのは、ニコラがあまりにも不憫《ふびん》だ。それに、あの神父さまも、口は悪いが根はやさしい人で、ニコラさまをしっかりと支えてくださっておいでのようだし――……。

そう思った時だった。

「誰か！　誰か、来てくれ！」

カロッセロ家にとっての災いの使者、キャスティが、陰気な顔をさらに蒼白《そうはく》にして書斎から飛び出してきた。

「誰か来てくれ、早く！　ドン・ジェラルドが倒れた。医者を呼べ！」

息を吞む。

「だ、旦那さま！」

キャスティを突き飛ばすように再入室すると、そこにはドン・ジェラルドのたくましい体が絨毯の上に倒れ伏している光景が広がっていた。手から取り落としでもしたのか、周囲一面に書類が散乱している。

「旦那さま、旦那さまっ！」

「う……」

ごくかすかな、呻き声。

「何だ何だ、どうしたんだ」

そこへ呑気にやってきたのは、いつもながら酒の抜けない様子のディーノだ。父親が倒れている様子を見て、「うぉっ?」と頓狂《とんきょう》な声を上げる。

この長男は、こういう時、何の役にも立たない。さすがに苛立ったササキは、彼を押しのけるようにして駆け出した。

「ドクターに電話を! 誰か来てくれ、旦那さまをベッドへお運びするんだ!」

ササキたち使用人が、半ばパニックになりかけながら、ドン・ジェラルドの体を運び出している間。

その長男は、ただ茫然と見ているだけだった。使用人たちにあからさまに邪魔者扱いされながら、次第に窓際へと引き下がっていく。

その彼が、ふと、床に散乱している書類に目を留める。

《フランシスコ・ハル神父の身辺調査結果についての報告書》

そう表題がつけられたそれを、ディーノはぼんやりと鈍い表情のまま、そろりと一枚、捲《めく》り上げた。


雨は、まだ止まない。

ラジオの音が聞こえている。

「ん、っ……。う、ぅ……」

千晴は、ニコラの下半身にまたがった姿勢で、したたかに腰を振っていた。

『つらかったな、今まで』

ふっ……と、額の奥が真っ白になる感覚。

腰の力で突き上げられ、千晴は揺れた。はずみのようなもので、軽くイク感じに襲われる。

「んあっ……！」

「俺みたいな悪い男が——あんた、大好きなんだろう？」

くくっ、とニコラが腹筋を揺らして笑う。

「大好きだろう？」

「あの大怪我の最中、セックスのことしか頭になかったんですか？　これだからギャングは……」

悩ましく、千晴は眉を顰めた。どんな男も魅了してきた、蠱惑《こわく》の表情だ。

「あなたって人は」

「あんたに突っ込んで、思い切り腰振りたい一心で一生懸命治したんだぜ？」

「あなたはまだ病み上がりの身でしょう？　そんな人に、激しい動きはさせられません」

根元までしっかりとニコラを体内に呑み込みながら、千晴は手厳しく叱りつける。

「駄目です」

「俺……俺、動きたいよ……」

たまらない、と熟れた吐息を漏らしながら、ニコラは全裸の千晴を見上げている。

「……っ、は、神父さま……」

ずっと欲しかった、いたわりと慰め。

それをくれたのが、この年下の、ギャングの御曹司だなんて――……。

「ニコラ……ああ、ニコラ……」

あの言葉に絆されて、つい誘惑に応じてしまったが、いざとなると本当はまだ病床で療養していなくてはならない男の体が心配になって、自分が上に乗ることにした千晴だ。だがこうしてみると、本当に、脇腹の傷の影響はもうないようだった。いやそれとも、実は無理をして、見栄を張っているのだろうか――……？

「好きじゃありませんよ……ギャングの男なんて」

「嘘つけ」

「嘘じゃありません」

前のめりになって、キスをする。

「わたしが好きになったのは……寂しがり屋で甘えっ子で、でも時々、とても頼もしくてやさしい、年下の……かわいい男の子です」

「……ッ……！」

「かわいいかわいい、わたしのニコラ……愛しいわたしの恋人……！」

今度は、ニコラのほうが息を詰めた。

「神父、さまっ……」

禁じられた相手と愛し合っていることを確かめるように、ニコラはそう喘ぐ。

その甘美さを味わうように——。

「神父さまっ、俺の、神父さま……！」

目を閉じて、夢中で身をうねらせる男の上で、千晴もまた淫らにしなる。

「ニコラ、ああ、ニコラ——……」

初めてだ、と千晴は思った。こんなにも、誰かを愛しいと思ったのは——……誰かと触れ合って、安らぎや、解放感を覚えたのは……初めてだ——！

外は重苦しい雨。

屋根を雨粒が叩き、その音に、ベッドの軋みと、ふたりの乱れた息遣いが混じる。

秘密の逢瀬《おうせ》は、だがいっぱいの幸福感で満たされ、誰に妨げられる気配もなかった。

今は、まだ——……。


夕刻になると雨は霧のように細かくなり、ひどく紅い夕焼けが、雨に洗われた空を染め始めた。

ニコラは花束を手に、千晴はそんなニコラに傘を差しかけつつ、墓地の濡れた草を踏みしめて歩く。

つい先ほどまで体を重ねていたふたりにとって、その寄り添い合うような距離は自然なものだった。

「あれか？」

まだ土を掘り返した痕跡が残っている真新しい墓石を差して、ニコラが尋ねる。千晴はそれに、こくりと頷いて応えた。

墓石にはテオドーロ・ルッチという本名が彫られ、彼が四〇年に満たない人生を生きたことが年号で示されていた。墓碑銘には「友にすべてを捧げし者」とある。

「……これはあんたが彫らせたのか？」

「ええ。ドン・ジェラルドは忠義とか忠誠とかいう文言を入れたかったようなのですが、わたしがそう勧めました。テオが死んだのはカロッセロの構成員としての義務によってではなく、ただあなた個人への情愛ゆえと思いましたので――」

「そうだな。テオは俺にとってほとんど唯一の友人だった。弟のように甘えられて、兄のように叱り飛ばしてくれる稀有《けう》な存在だった。長い間一緒にいすぎて、そんな感覚もなくなっていたが――」

ニコラが墓石の前に花を置く。跪《ひざまず》いて真摯に祈るその姿に、千晴もまた、傘を畳んで手を組み、祈りの言葉を唱えた。

「ありがとう」

立ち上がり、ニコラはそう告げる。

「あんたに弔ってもらえて、テオも喜んでいる」

「わたしのような不心得な神父で、大丈夫でしょうか？」

「自分のような者《モン》にゃもったいないぐらいでさ、って、あいつなら言うさ。チンピラはチンピラらしく死ぬのがいいんだ、っていうのが持論だったからな」

雨上がりの墓地は涼しく、夏の装いでは肌寒いくらいだった。ニコラは千晴の細い体に腕を回し、自分のほうへ抱き寄せる。

「ニコラ……」

千晴もまた、情事の熱さがあとを引くがままに、逆らうことなく体を預けた。

「テオ、俺は……」

ニコラは死せる友に語りかける。俺はこの人を手に入れたんだ——と。

「どうか天国から祝福してくれ。俺は今、幸せだ。信じられないほど幸せなんだ——」

その甘い囁きに、千晴が目を閉じた瞬間だった。

「ニコラさま！」

墓地に、草を踏んで駆け寄る黒服の男の姿が現れる。

「ササキ……お前、何で——」

「マ、マーゴから聞いて、もしかしたらこちらかと」

年配の日系人執事は、膝に手をついてゼイゼイと荒い息をする。マーゴの家からこの墓地まで、ニコラを探して回るのは、この老人にはさぞ大変だっただろう。

「何かあったのか？」

「だん、旦那さまが——……っ」

ドン・ジェラルドが、お倒れになりました。

そう聞かされて、ニコラは一瞬、声を詰まらせた。

「親父が……！」

そう呟いた唇の色が、さっと褪《あ》せる。だが老執事から「すぐお屋敷にお戻りを」と懇願されても、ニコラはその場から動こうとしなかった。

「ササキ……あのな、俺は……」

「ニコラ」

家出息子としての葛藤から、木偶のように突っ立っているニコラを、千晴は横からもどかしげに突つく。

「ニコラ、行きなさい、すぐ」

「……っ、でも……」

ニコラは躊躇する。

「俺は、あんたを選んで、親父と決裂して——……」

「お父さまはあなたを愛しておられます」

断言する千晴の顔を、ニコラは驚いて見つめ返してくる。

その顔に向けて、千晴は言い募った。

「ドンがあなたとわたしのことに難色を示されたのは、あなたのことをあきらめきれないからです。

確実に自分のお子であるご長男はもう見放しておいでなのに、そうではないかもしれないあなたのことは、ちゃんと気にかけておられた——そうでしょう？」

ニコラは驚いたように、千晴の目を見つめ返してきた。そんなことは思ってもみなかった——とでも言いたげに。

「ニコラ、人と人とのすれ違いを正すことができるのは、人間の意思と行動だけです。神は——神はこういう時、何もしてくれない」

「ハル……」

「父と子にはもう、なれないかもしれない。でもそれ以外の何かとしてなら、絆《きずな》を結び直せるかもしれない。行ってあげなさい。たぶんお父さまは今、あなたを必要としておられる」

「……っ……」

不意に、カラーン……と、鐘の音が響く。

夕べの祈りの時刻を告げる鐘だ。

二度三度、その音色に聞き入り、ニコラは決意したように、表情を改めた。

そして隣に立つ千晴の手を、ぐっと握りしめる。

「——あんたはいつも、俺が欲しい時に欲しい言葉をくれる」

ちゅっ、とリップ音を立てるキスが、千晴の頬に弾ける。

「愛してる」

「ええ、わたしも」

千晴もまた、心から応える。

その返事を得て、ようやく安堵したように、ニコラはいつまでも恋人に絡みつこうとする手を離した。

「ササキ、親父は病院なのか？」

「いいえ、ご自宅に――」

「どんな様子だって？」

「どうやら心臓発作を起こされたようで……」

サクサクと墓地の草むらを踏んで遠ざかるニコラと、ハル神父の間に、またひとつ、カラーン……と鐘の音が響いた。


薔薇窓は、晴れた夏の日の日差しを受けて、くっきりと鮮やかに輝いている。

乾布で金の燭台《しょくだい》を磨きながら、千晴は久しぶりに穏やかな心もちを味わっていた。赤ん坊の引き取り先が決まったのだ。数日間預かってくれたマーゴから赤ん坊を受け取り、今朝、千晴は汽車で養親のところへ届けに行った。養親はガスコ近郊の土地で牧場を経営する純朴な夫婦で、赴いてみれば、その住まいは煤煙まみれのガスコ市街とは比べ物にならないほど空気の澄んだ土地だった。

——よかった。

あの子のことは、将来に渡って気にかけていくつもりではあるが、とりあえず、千晴の責任はひと段落した。入院が長引いているバルトロのところへも義理程度に顔を出しているが、病状は思わしくなく、何より男性機能がもう使えなくなったと言って、ずいぶんと嘆いていた。千晴にとっては万々歳だ。もうあの老人に犯されなくて済むと思うと、体中にこびりついていた澱《おり》が濯《すす》がれたように清々《すがすが》しい。

気がかりと言っては、ドン・ジェラルドのことだ。もし彼に何かあれば、カロッセロの跡目を巡ってニコラが何かトラブルに巻き込まれるかもしれない。明日にでも、様子を窺いに行ってみようか——と考えたその時、聖堂の脇扉が開いた。

「……ニコラ？」

男のシルエットに、思わずそう尋ねるが、人影は思いがけず、ふらふらと覚束《おぼつか》ない足取りで、通路を歩いてくる。

「いよう、お綺麗な神父さん。異母弟《おとうと》でなくて悪かったな」

「あなたは」

それはドン・ジェラルドの長男ディーノだった。異母弟《ニコラ》と同様、高価そうな服を身に着けているのに、異母弟と違ってまったく着映えがしないのは、姿勢がどこまでもだらしがないせいだ。肌の色も白目も不自然に黄ばみ、酒がかなり彼の体を痛めていることがわかる。

「あいつとは、かなりよろしくやってるようだな。ん？　最近、からかっても前みてぇに突っかかってこなくなって、つまらなくてよ」

「何かご用ですか」

「そうツンケンすんなよ」

酒臭い男に近寄られ、思わず身を避ける。だがよたよたと近づいてきた男は、意外なほど素早い動きで、千晴の腕を摑んだ。

「お離しなさいっ！」

「ふん、あいつ以外には触れられるのも嫌だってか？　今さら、そんなお上品な柄でもないだろう」

ぐいっ、と引かれて、金の燭台を取り落とす。カシャーン、と澄んだ音がした。

男の息遣いが、耳のそばにある。ひっ、と息を吞んだ千晴の耳に、ディーノはさらに血も凍るような言葉を吹き込んだ。

「――あんた、ロッサのアデーレと昵懇なんだってな？」

「……！」

バレた――？　どうして……？

咄嗟に強く否定しなかったのは大失敗だった。言葉に詰まるのは、肯定したのと同じだ。千晴はただただ、その場に凍りつくしかなかった。

「親父がな、倒れる直前、人に調べさせてたんだよ。安心しろ。親父に渡された書類は俺と親父以外の誰も見てねぇ。親父は倒れてからずっと人事不省で、調査結果はまだ誰にも漏らしてねぇはずだ」

ぎゅっ、と男の指が、キャソックの袖に食い込んでくる。

「ロッサの年増め、考えたな。信心深い親父のこった。まさか教会の神父さまが敵のスパイとは思いもよらず、自分の懐深くまで招き入れちまうに違いねぇ。よしんばバレたところで、神父に手をかける親父じゃねぇ。身の危険もないとなれば、あんたも大手を振って動けるってもんだ……」

「……っ……」

千晴は必死に、男の手を振り払った。逃げても意味はない、と理解しつつも、聖堂から飛び出すこと以外は考えられなかった。こんな男に、おぞましい過去を突つき回されるくらいなら、いっそ――

……。

「待てよ！」

聖堂いっぱいに、男の声が響く。

「あんた、家族の仇を取りたいんだろう？」

聖堂の奥へ続く扉に手を触れたまま、千晴は動きを止め――振り向く。

そこに、してやったりの顔の男が、にやつきながら立っている。

救世主を誘惑しようとする魔王のように。

「あんたの親きょうだいを火だるまにした奴の名を、知りたくないか？」

「――……何、ですって……？」

「あの時、うちからダイナマイトを持ち出して、ロッサのアジトになってたバールを白昼堂々、吹き飛ばした馬鹿が誰だか、知りたくないか？」

天地が、くらっと逆転したような気がした。途端に、ごうっと唸る炎の音が耳によみがえる。

『お父さん、お母さん！』

そうだ、自分はあの時、劫火《ごうか》に包まれるクリーニング店を外から眺めていたのだ。そして父母と、三人の姉の名前を、繰り返し、繰り返し呼んで――……。

『お兄ちゃんだめだよ！　そっち行っちゃだめぇ！』

甲高い、自分のものではない子どもの声。汗に濡れて額に張りついた金髪。そして、甘い茶色の、キャンディのような双眸――。

「やったのは――ニコラだ」

ディーノの声が、千晴を白日夢から現実に引き戻す。

「あいつが、うちの地下倉庫からダイナマイトを持ち出して、あの店を吹き飛ばしたんだ」

「ば……かな」

千晴は呻く。そんな馬鹿なことがあるわけない。金髪に茶色の目の子どもが現場にいた記憶など、たった今まで、千晴にはなかった。この男の言葉に刺激されて、脳が勝手にでっち上げた偽物に決まっている。だって――。

「だって、あの時はわたしでさえまだ子どもで……ニコラはそれよりさらに幼かったはずだ。そんな子どもが、ダ、ダイナマイトなんて」

「八歳のガキでも、マッチくらい擦《こす》れるさ」

ディーノが、半笑いで告げる。

バルトロと同じだ。この男にも、秘密を暴露しては高揚する性癖があるらしい。

「いや、むしろ子どもだからできたんだ。大人じゃ絶対無理なちょっとした隙間から地下倉庫に忍び込むのも、人が死ぬことも理解できず、白昼、営業しているバールを爆破するのもな」

「う、嘘だ」

千晴は冷たい汗を垂らしながら声を絞り出した。だがそんな千晴の血の気の引いた脳裏を、再び鮮明な記憶が襲う。轟々《ごうごう》と火を噴く父母の店。茫然とその様子を見上げる千晴の傍らで、金髪の子どもが号泣している。『こんなつもりじゃなかったんだ、こんなつもりじゃなかったんだ……!』

「……どうして……そんな……」

「なんでそんなことをしたかって？ それはな、あの頃のあいつが、そろそろ自分が親父に疎まれているって理解し始めていたからだ。ガキってのは、大人の顔色には敏感だからな」

——あ……！

その瞬間、千晴はすべてを悟った。

ニコラが、やったのだ。

この男が言うことは、本当だ。ニコラがやったのだ。ロッサの手先である店を潰せば、自分に冷たいジェラルドも、きっと褒めてくれる。息子だと認めてくれると、子どもなりに懸命に知恵を回したのだ。彼ならば——あの愛に飢えた子どもならば、そのくらいのことはしてのける。

そして、まだ幼かった彼には、火を付ければ爆発することは理解していても、ダイナマイトがどれほどの威力で、街中で爆発させれば、どのくらいの被害が出るか、そしてどのくらいの人が死ぬかは、理解できていなかったに違いない。まして隣家が火事に巻き込まれるなどとは、想像もしていなかっただろう。

——こんなつもりじゃなかったんだ。こんなつもりじゃなかったんだ……！

「親父はあの時、自分のつまらない寝取られ男のひがみが、息子を怪物にしてしまったんだと気づいたんだろう。事件を必死に揉み消して、被害に遭った奴らにゃずいぶんと見舞い金をはずんだそうだぜ？　そういや、やけに信心深くなったのも、あの頃からだったな」

「……」

そうか、それでドン・ジェラルドは、あんなにもしつこく、何年も千晴に援助を申し出ていたのか。千晴はまたしても腑《ふ》に落ちるものを感じた。彼は自身の罪を償おうとしていたのではないのだ。自分が、息子への接し方を過った結果、まだ分別もつかないニコラに罪を犯させることになったからこそ、あれほど必死になって、千晴に償いをしようとしていたのだ。

あれは、愚かな父親の、愚かな愛だったのだ——。

「親父は情報屋からの報告書を見るまで、あんたがあの時生き残った子どもだとは気づいていなかったんだ。まあ、事件当時は弁護士を介してやりとりしていて、直接あんたに会ったわけじゃねぇから無理もないがね。俺は一度、親父の部屋から小銭を失敬しようとした時に、たまたま机の引き出しにあった写真を見て、ずいぶん綺麗なツラのガキだと思って、何となく憶えていたんだ。あんた、本名はカ……カチュキ？　チュハル？　とか言うんだろ？　こっちの人間にゃ発音しづらい名だから、親父も記憶が定かじゃなかったらしい。ましてあんたは『ハル神父』と名乗ってたしな」

フランシスコ・ハルは信仰上の名だ。神父が本名を名乗らないのは、別に珍しいことではない。千晴の場合、より教会内で通りのいい名を選んだというだけのことで、ことさら偽名を使っていたという意識はない。だがディーノはそうは思わなかったらしく、小賢《こざか》しいことだと言わんばかりにニヤニヤ笑っている。

「親父は、ニコラが執着している相手の正体を知った瞬間、とうとう裁きの時が来た、と思ったんだろうな。そのままぶっ倒れて、それから今日までずっと棺桶《かんおけ》に片足突っ込んだままさ」

「……っ」

「なあ、あんた」

気づけば、ディーノの顔はまた至近にまで迫っている。

「あんたの目的は、復讐だろう……？」

さらっ、と指先で髪を撫でられ、怖気《おじけ》が走る。

「カロッセロの中枢部に近づきたい一心で、色んな男と寝てきたんだってなぁ？　へっ、大したタマだよあんたは――」

酒臭い息から顔を逸らせていると、不意に、掌の中に何か硬いものを押し込まれた。

それが拳銃のグリップだと悟って、千晴は目をいっぱいに瞠って震えた。

ディーノの訪問の意図を悟ったからだ。

「――ニコラを殺せ」

悪魔の声が囁く。

「あんたに親の仇を取らせてやるよ」

「……な、ん……」

「別に私利私欲から言ってるんじゃねぇさ。親父の跡目を、あんなどこの馬の骨のタネかもしれねぇ金髪野郎に継がせるわけにゃいかねえって意見は、カロッセロの中でも結構多いんだぜ？　現に、あの襲撃も」

白昼、ガスコの市街、それも大聖堂の前で鳴り響いた機関銃の音。

「あれは――あなたがやらせたんですか……？」

てっきりロッサからの刺客だと思っていた千晴は、驚く。

ディーノはにやりと笑った。

「さあな。あいつはとにかくやり口が容赦なくて、方々で怨みを買っているからなぁ。例の親子の粛清も、やりすぎだって評判がよくなかったし」

「……」

「あんたなら、あいつを呼び出すことなんざわけもねぇだろう。あいつだって、まさか自分が、愛しの想い人の親の仇だとは思いもよらねぇに違いないさ。呼び出して、ベッドに誘って、油断したところを、ズドーン……」

しん、と沈黙が落ちる。

死のような沈黙が――。

「ま、たとえ嫌でも、あんたにゃ他に道はねぇさ。あんたがロッサに通じていると知れたら、カロッセロギャングだらけのこのガスコじゃ、あっという間に機関銃の餌食さ。そうなるか否かは俺の胸ひとつだってこと、忘れんなよ」

そう告げて、ディーノは離れる。

またな、と言い残して聖堂を出てゆくその背を、千晴は震えながら見送った。

聖堂の中に差し込む陽は、夏のものなのに。

千晴は自分の血の冷たさに、ひたすら凍えて震えることしか、できなかった――。

◇　◇

ササキはニコラが心配だった。ドン・ジェラルドが倒れて以来、その病床につきっきりだからだ。

「ニコラさま、お部屋でお休みになられては……？」

「お前こそ、不眠不休なんじゃないか？　ササキ」

仮眠の寝床にしているソファの上で、軽く腹筋運動をしつつ、シャツ姿のニコラは言う。

「どうもこいつは、長丁場になりそうだ。お互い、あまり根を詰めていると、持たないぞ」

おやおや、とササキは思う。このお方は、何か変わられた。より柔軟になり、より大人びて、何やら余裕のようなものが出てきた。以前であれば、ドン・ジェラルドの前では、もっと思い詰めたようなギスギスした態度であられたのに、今のこの穏やかさはどうだ。

（ニコラさまは、大人になられたのだ）

より正確に言うと、ようやく未熟な若者の季節を脱し、人柄が落ち着いた——というところだろうか。

（恋の妙薬だな）

ふと、柄でもない言葉を思い浮かべる。恋は子どもを大人へと成長させる最高の妙薬だと言う。あの美しい神父への恋は、ひとりの悩める若者を一人前の成熟した男性に変じさせたようだ。ずいぶんと劇薬ではあったが、きっとニコラには必要だったのだろう。

「ですがハル神父にお会いできないのは、つろうございますね」

心からの同情を込めて言うと、ニコラは「うん、まあな」と肩を竦める。衒《てら》いもない、ごく自然な仕草で。

「でも、いいんだ」

そう呟いて、遠い目をする。

「焦らないことにしたから」

「ニコラさま？」

「どの道、すんなりいくはずのない関係だ。男同士だし、おまけに、あっちは神父ときた。下手をすりゃ一生、こそこそと世間の目を欺き続けなきゃならないかもしれない」

――一生。

その言葉の意味を、ササキは噛みしめる。

そうか、このお方はもう、あの美しい人と生涯を添い遂げると決められたのだ。それほどの確固たる愛を、手にされたのだ。

「だから焦らないことにした。ゆっくりと、長い時間をかけて育てていこうと決めたんだ。無理に突っ走って壊れでもしたら元も子もないからな。親父にも――」

そう言って、ベッドで眠り続けているドン・ジェラルドに目をやる。

「親父にも、もし目を覚ますことがあれば、認めてほしいとは思うが……でも、いいんだ。親父の気持ちと、俺の人生は別のものだ。たとえわかってもらえなくても――受け入れてもらえなくても、俺は意思を変えるつもりはないから」

ニコラは表情も物腰も清々しかった。そして、とても素直だった。あの不安定で尖った心を持ち、荒れていた時の姿と、同一人物とは思えない。ササキはその変わりように、涙が出るほどの感動を覚える。

「何だ、どうした、ササキ。いきなり泣くなよ」

「申し訳ありません――ニコラさまが、あまりにもご立派になられたので……」

「今まではてんでガキだったって言いたいのか？」

「あ、いえ……決してそういうわけでは」

「ふん」

鼻を鳴らしつつも、ニコラは含み笑っている。

「まあ、いいさ。俺もようやく、長いこと背負い込んでいた重荷を下ろしたような気分だし……親父？」

ソファに体を投げ出していたニコラが、突然、起き上がる。そしてそれと同時に、豪奢なベッドに寝かされていたドン・ジェラルドが、「ん、お……」と、身じろいだ。

「親父、おい、わかるか、親父！」

ジェラルドの目覚めは、劇的なものだった。突然、かっと双眸を見開き、びくんと体を跳ねさせ、「おお、神よ！」と叫ぶ。

「おお神よ、我を罰したまえ。そして我が息子、ニコラに赦しを……！」

「親父……？」

「すべては……すべては、このわしが蒔《ま》いた種だ。ニコラに災厄を及ぼし給うなかれ！」

「親父、落ち着けって、親父！」

ニコラが、暴れるドン・ジェラルドを無理矢理押さえつけている。だが若いその腕力を押し返すほどの勢いで、ジェラルドは体を波打たせていた。

「おお、裁きが……裁きの時が来た。神の石臼が、我が家をすり潰す順番が、とうとう巡ってきたのだ。あの神父は、あの神父は——！」

「親父？」

「神の僕などではない。我が家にやってきた、復讐の神、死を運ぶ天使だ。おお、ニコラ……！」

突然、ジェラルドは、目の前のニコラの肩をがっしりと掴む。

ひっ、ひい、と喘ぐ声。ジェラルドにはもう、ガスコを統べる大ギャング団の長の威厳は、欠片もない。ひたすら泣きじゃくるその姿は、ただの、裁きを怖れる罪人のようだ。

「あの神父は……！　あの、神父、はな……！　お、お前に、お前に——！」

「な、何を言っているんだ、親父？　ハルがどうしたって？」

「旦那さま」

ササキが割って入る。

「キャスティさまが持参された書類に、そのことが書かれていたのですね？」

「……ぅう、ぅう」

ジェラルドは泡を吹きながら、こくこくと頷く。

「これが、神の下した裁きなのだ！　ついに、ついにその時が来たのだ！　わしの……わしの愚かさと罪が、裁かれる時が――！」

裁きの時が、やってきた――。

「神よ、息子を守りたまえ！」

その叫びを残して、ドン・ジェラルドはぱたりと動きを止めた。

「旦那さま！」

ササキが叫ぶ。

あとは大騒ぎだった。医者を呼べと叫ぶ声。寝室にばたばたと出入りする使用人たち。土嚢《どのう》のように力なく伸びた父の体を、ニコラは苦労してベッドに寝かせ、常駐のナースは呼吸を確保するためにその口をこじ開け、時計を見つつ脈を計っている。

やがて医者がおっとり刀で駆けつけ、注射だ点滴だ血圧測定だと立ち働いた末に、ようやっと椅子に腰かけ、ふう、と息をついたのが約三十分後のことだ。

「何とか、持ちこたえられました」

病室に詰めていた全員が、ほうっと息をつく。

シャツを腕まくりしたニコラも、使用人たちに交じって白い歯を見せていたが、ふとその中に、ササキの姿がないことに気づく。

「ササキ？　おい、どこだササキ？」

親父は助かったぞ、と知らせてやろうと執事を探し回ったニコラは、隣室にあたる父の書斎でその姿を見つけた。

「ササキ？　何をしているんだ？」

謹厳な執事は、らしくもなく、主人の机を漁っているように見えた。あちらこちらの机の引き出しをさぐり、ニコラの顔を見て「ないのです」と告げる。

「ないって、何が――」

「旦那さまがお倒れになる直前、キャスティさまからお受け取りになった調査結果の報告書が、見当たらないのでございます」

「キャスティって、あのフリーランスの情報屋の？」

「はい、旦那さまはそれを読まれるなりお倒れになり、書類はそのままこの部屋に散らばってございました。わたくしも今まで忘れていたのでございますが……」

やっぱり、ない。そう呟いたササキは、しばし自身の記憶を探るような表情をしたあと、あっと声を上げた。

「あの時、ディーノさまがここにおられて――」

「兄貴が？」

「わたくしが旦那さまをベッドにお運びしてここに戻った時にはもう、書類はなくなってございました」

　ニコラとササキは目を合わせ、それからふたり同時にばたばたとディーノの部屋に向かう。

　ディーノは例によって不在だった。ニコラは自分が先に立って兄の部屋のドアを押し開けると、躊躇もなく、あちらこちらのキャビネットや引き出しの中身を放り出し始める。

　果たして、書類はあった。呆れたことに金庫にすら入れず、書き物机の引き出しの一番上に乱雑に放り込んであったのだ。

「壁穴のねずみじゃあるまいし……」

　こんなところにこっそり引き込んで、挙句に放置しておくなんて、とため息をつきつつ、ニコラは書類袋を手に取る。

「ニコラさま――」

　ササキが、その手を制止した。

「ニコラさま、これには――」

　おそらく、フランシスコ・ハル神父の過去に関する何かが書かれているはずだ。

　そう警告するササキの目に、ニコラはふっと笑って見せた。

「あの人の過去なら、大概のことはもう知っているさ」

「ニコラさま――」

「大丈夫だ。親父にとっちゃ心臓発作もののショックだったんだろうが、俺はこの上、何を知っても

──」

マニラ麻の書類袋から、すらりと書類束を取り出す。

表題は、「フランシスコ・ハル神父の身辺調査結果についての報告書」。

ぺらりと一枚目を捲る。

ぺらり、ぺらり。

一枚、また一枚──。

頁《ページ》を読み進めてゆくニコラを、ササキが傍らで固唾《かたず》を呑んで見守る。

そして、ある瞬間、ニコラの顔色がさっ……と蒼白になった。

「ニ、ニコラさま……？」

「そんな」

嘘だろ、こんなの、嘘に決まっているよな。

「そんな……う、嘘だろ……？」

ニコラは裏返った失笑を漏らした。何かひどく非現実的なものを見せられた時のように。

背を丸めて目を剝いているニコラに、ササキが慌てて手を伸ばしてくる。「しっかりなさってください まし」と支えながら、ああやはりお見せするのではなかった、と痛いほどの後悔を嚙みしめているのがわかる。

「そんな……そんな、ことって……」

他に声が出てこない。

そんな。

神父の家族が死んだ火事は、あの時の爆破の延焼——？

では……神父の家族は……。神父から、家族を奪ったのは……。

「俺……？」

馬鹿な。

そんなことがあるか。

家族を殺された者と殺した者。そんな因縁を持つふたりが、そうとは知らずに出会い、愛し合ってしまうなどと、そんな怖ろしいことが、この世の中で早々起こるものか。何かの間違いだ。

だが報告書を読み進めるにつれ、それが間違いのない事実だという傍証が次々に出てくる。

さらには、ロッサのアデーレとの関係——。

ガスコに赴任する途中、神父は不自然に休暇をもらい、友人がいるわけでもなく、職務上縁があるわけでもないロッサに立ち寄り、一週間ほど逗留《とうりゅう》していた形跡がある。あれほど美しい、しかもキャソック姿の神父さまの出入りが、人目に留まらぬわけがない。ハルがロッサのアデーレの邸宅に出入りしていたことは、アデーレ邸ご用達《ようたし》の魚屋が証言していた。

では——以前、アデーレが言っていた、カロッセロの中枢部に潜入させたもぐらというのは……。

そして神父が、かつて自分を虐待した上司とよりを戻してまで、ガスコに帰ってきたがった理由は

――。

「復……讐……？」

神父が、自分の親きょうだいの仇がニコラだと知っている可能性は、まずない。あの件は、父ジェラルドがニコラの代わりに泥をかぶる形で揉み消したし、第一、そうと知っていれば、ハル神父は真っ先にニコラを殺していただろう。

では彼の狙いは、ジェラルドだったのだろうか？　いいやそれもおそらく違う。神父は内通者としてカロッセロに乗り込んできたのだ。暗殺者としてではない。

『わたしは、ギャングは大嫌いなのです』

吐き捨てるようなその声を思い出す。

そうか――と、ニコラは思った。手から書類の束が床に落ち、足元に広がったことにも気づかない。

「ニコラさま……」

そうか、では、彼は――彼の人《かのひと》は、カロッセロそのものを破滅させようとして、ガスコにやってきたのか。そしてニコラと出会い、その恋心を利用して、カロッセロの中枢部に――……。

「ハル……」

ああ、そうだったのか。

あんたは――あんたも、俺を愛してくれていたのではなかったのか。俺を、俺の父を、そしてカロッセロを憎み、家族の復讐を遂げるために、バルトロのような男の愛人にまで堕し、怨みひとつで、その屈辱に耐えられるほど、俺たちを憎んでいたのか――……。

それほどまでに、俺たちは彼に憎まれていたのか。

はたはた、と粒の涙が零れ落ちる。傍らからササキが何か懸命に話しかけてくるが、何も耳に入らない。

「い……嫌だ」

こんなのは嫌だ。こんなのはあんまりだ。ニコラは額と前髪を掻き毟った。

愛されてなどいなかった、という事実。

愛しい人の心が、自分にではなく、復讐に人生を費やしてしまうほどの、深い怨みと憎しみに向けられていた、という事実。

そして極めつけは、愛しい人にそんな不幸な人生をもたらしたのが、誰あろうニコラ自身だったという事実だ。

「嫌だ、どうしてそんな」

誰かを愛し、愛される人生。幸福を与え、与えられる日々。やっと得たそれらが、まるで砂の城のように崩れてゆく。

嫌だ、こんなのは嫌だ。嫌だ――……！　嫌だ、嫌だ……！

「うわ、うわぁぁぁぁ！」

どたん、と床に膝を突く。そのまま天を仰いで泣いた。

泣く以外のことは、何ひとつできなかった。ただ獣のように、大声を放った。

「ニコラさま、ニコラさまっ！」

「嘘だ、嘘だぁ……！　誰か嘘だと言ってくれ！　神父さまの憎んでいた相手が俺だなんて、こんなのは、嫌だ、あんまりだ……！　あんまりだ……！　どうして、どうして……！」

へたり込み、頭を抱えて涕泣《ていきゅう》するニコラに、ササキは全身で抱きつき、「しっかりしてくださいまし。お気を確かに」と懇願している。

その時、喘いだニコラの頭上に、誰とも知れぬ声が降ってきた。

——どうしても何もない。これがお前の罪の報いだ。

「何……」

——お前はかつて、愛を得たいがために無分別に人を殺め傷つけた。だが傷つけられた者たちの悲嘆を、これまでは父親の庇護のもとで忘れ果てていられた。その罪に——。

《今こそ相応しい裁きを》

重々しい声でそう告げるや、漆黒の翼の落とす真っ黒な影が、ばさばさと音を立てながらニコラの額の上を通過していった。

死と破滅を運ぶ天使のように。

◇　◇

夜半の嵐が、教会の窓という窓を激しく叩いている。

千晴は自室の質素なベッドで、幾度も寝返りを打って眠れぬ夜を過ごしていた。

風の音が騒がしいからではない。ここ一週間というもの、千晴は毎夜こうして過ごしている。星の輝く夜も、市街から喧騒の響く夜も、千晴はひとりだ。

昔は、ずっとそうだった。突然に家族を奪われ、養護院に収容された時も、神学校に進んだ時も、神父に叙任《じょにん》されてからも。誰かに抱かれている時ですら、千晴はひとりだった。

ひとりは、つらい。

孤独は、たまらなく寂しい。無性に誰かに慰めてもらいたくなる。

いや、誰かに、ではない。以前の千晴ならば適当な相手を引っ張り込んでいたが、今はもう、誰でもよいわけではない。千晴の心には、すでにただひとりの青年の存在が、大きく深く根付いている。

心が、ただひとりのぬくもりを欲してのたうっている。まさしく飢えたように。

――前は、こんなではなかったのに。

千晴は弱くなってしまった自分に茫然とする。心を氷の鎧《よろい》で覆い、人形のような美貌を利用しながら生きていた頃は、つらさも寂しさも、何ひとつ感じずに済んだ。ただ、怨みと怒りだけを糧に生きてきた。それなのに、今は――……。

千晴は頭をもたげ、枕の下に手を突っ込んでまさぐった。まもなく引きずり出されたのは、黒光りする鋼鉄の塊――拳銃だ。千晴のおせじにもたくましいとは言えない手にも、不思議にしっくりと納まる。

仰臥したまま、ちゃき……と音を立て、天井に向けて構えを取ってみる。

千晴には射撃訓練の経験があった。ロッサのアデーレと接触した時、かの女傑は何を思ったのか、千晴を地下訓練所に案内したのだ。地下、というのは文字通りの意味ではなく、非合法の、隠れた、という意味のほうで、その訓練所も存在自体が秘密のものだった。アデーレの別荘内に設けられたそこでは、常に数人の護衛役が横一列に並んで、拳銃の腕を磨いていた。

――あなた、やってみなさい、ハル神父。

物柔らかで優雅な、だが有無を言わせぬ女王のような言葉つきで、アデーレは言った。千晴に銃を持たせたのは、おそらく、突然手を組まないかと接触してきた神父に、本当に非合法なことにでも手を染める覚悟があるか否かを、見極めるためだったのだろう。

そこで千晴は、ひと通りのことを学んだ。銃の正確な構え方、立ち方、引金を引く瞬間の、呼吸の仕方、衝撃の逃がし方――。

拳銃は、特に女手で扱えるようなサイズのそれは、決してライフルのように正確に的を射抜く目的で作られてはいない。よほど大型のものでなければ、実はそれほど威力もない。相手の体のどこかに当たって、当座の戦闘力を奪えれば御の字という程度のものだ、とアデーレは言った。

――映画なんかじゃ、よく一発当てられただけで人がコロコロ死んでるけどね、よほど運悪く急所にでも当たらない限り、あんな風にはならないものよ。だから、拳銃で人を殺したければ……。

アデーレは自ら銃を握って発砲した。続けて二発。どちらも的の中心に近い位置に当たる。見事な腕と言っていいだろう。

――必ず、二発以上当てなさい。殺傷率は格段に上がるわ……。

女の優雅な声を回想しつつ、千晴はベッドの中で拳銃を握りしめた。

その時、千晴の私室の窓を、かつん、と叩くものがあった。

最初は、強風に折れ飛んだ小枝が当たったのか――と思い、気にも留めなかった。しかしかつん、と鳴る小さな、だが硬い音は、その後も二度三度と続いた。

違う。自然の風が立てる音じゃない。誰かが、石つぶてか何かを投げつけているのだ。

千晴は身を起こした。ベッドを離れて窓に向かうと、夏とは思えない寒さに身が縮む。それを堪えて窓ガラスから外を覗き込むと、びしょ濡れのガラスを通して、地上に佇《たたず》むレインコート姿の男が目に入った。

男が顔を上げる。

目深にかぶった帽子の下に光る、甘い茶色の目。

「ニコラ……」

きゅっと心臓が締めつけられる。

逢瀬を誘う手紙を送ったのは、昨日のことだ。だがさすがに、こんな嵐ではやってこないだろうと思っていた。

だから安堵していたのに。

とりあえず今夜のところは、避けられたと——破滅を先延ばしにできたと、内心、ほっとしていたのに……。

眼下のニコラが、くい、とそぶりで千晴を誘った。指し示されているのは、聖堂の方角だ。

「……ニコラ……」

激しく濡れる窓ガラスを内側から撫で、千晴は呟く。

わたしの家族を生きながら焼き殺した男。わたしから、幸福な人生を奪った男——。

決着をつけなくては。

そのために、自分は今まで、この身を汚してまで生き延びてきたのだから——。

白くぞろりと長い寝衣の上から、寒さ避《よ》けのストールを羽織る。

その下に拳銃を忍ばせて、千晴は私室を出た。

嵐の音が、絶え間なく続く夜半のことだった。


闇に沈んだ聖堂に、千晴は寝衣姿で祭壇脇の扉から忍び入る。ほとんど同時に、ニコラは正面の脇扉から入ってきた。

その姿を通路の向こうに認めて、ああ、と千晴は思う。

ああ、まるで、本物の恋人同士の逢瀬の始まりのようだ——と。

ニコラはぐっしょり濡れたレインコート姿のまま、両手を広げて、こちらへ近づいてくる。

千晴はそんな青年に、ストールの下に拳銃を隠して歩み寄る。

「——ニコラ……」

その指は、引金にかかっている。

ふたりは互いに足を早め、通路の中央で抱き合った。

「ん……」

無言のままの、口づけ。

ニコラが千晴の唇を吸う。

千晴がそれに応えて、うっすらと、唇を開く。

薔薇窓と祭壇の十字架が見守るもとでのそれは、まるで婚姻の儀式のようだ。

外は吹きすさぶ嵐。ふたりが醸し出すささやかで淫らな水音は、雨の音が消し去ってくれる。

「愛している……」

やがて、心の底から絞り出すような声で、ニコラは囁いた。

「あんたを……心から……」

ええ。

千晴は思う。ええ、知っていますとも。あなたの孤独、あなたの寂しさ。あなたの愛。そしてあなたの罪。あなたのすべてを、わたしは図らずも知ってしまった――。

心の中でそう囁き返しながら、千晴はストール越しに拳銃を構え、ニコラの胸板に狙いを定めた。

指が震える。

そして――。

そのまま、長い時間が過ぎた。

嵐の音は止まず、ふたりは抱き合ったまま、微動だにしない。

「……どうした？」

やがてニコラが呟いた。

「撃たないのか？」

千晴は、ハッと息を呑んで青年の胸から身を引き剝がした。ストールが翻り、その手元の銃が露《あら》わになる。

「ニコラ……あなた、どうして……」

「先週――親父が、一瞬意識を取り戻してな」

異様なほど静かな声で、ニコラは告白した。

「その時、初めて知ったんだ。あんたの家族は、あの時、カルナヴ通りで、俺の仕掛けたダイナマイトのせいで全員死んだんだと」

「――ッ……！」

そうか。

ニコラもまた、知ってしまったのだ。ふたりの過去に横たわる、重くどす黒い真実を。

「あんたが……不幸な人生を歩んできたのは、俺のせいだったんだな……」

ニコラの瞳が、すっ、と涙を零した。嗚咽が漏れ、若者の体が、その手で千晴のストールを摑んだまま、がくりと跪く。

「……すまなかった……」

赦しを乞う罪人そのものの姿勢で、ニコラは喘ぎ喘ぎ、声を絞り出す。

「俺は……俺は、あの時……人を傷つけることがどういうことか、人を殺すことがどういうことかもわからないまま、ただ親父に褒めてもらいたくて……親父に、さすがは我が息子だと言ってもらいたい一心で、ダイナマイトを持ち出して、マッチを擦って……！」

「やめてください」

千晴は銃口を、ぴたりとニコラの額に押し当てたまま遮る。

「今さら言い訳など聞きたくありません。意図的ではなかったにせよ、あなたはかつて、わたしから家族を奪った。三人の姉と、両親を生きながら焼き殺した。それだけです」

「そうだな」

ふふっ、とニコラは笑う。

「……しぃ、は、るぅ……」

千晴はニコラが幼子のように舌の回らない発音で口にしたそれが、自分の名だとすぐにはわからなかった。

「……フランシスコ・ハルは本名じゃなかったんだな」

「偽名を名乗っていたつもりはありません。どの道あなたがたは、わたしのことなど忘れ果てていたのでしょう？」

「親父は憶えていたよ。憶えていたからこそ、衝撃を受けて倒れたんだ」

ニコラは拳銃を向けられている人間とも思えない表情で、うっすらと笑った。

「親父はあれでも、俺がやらかしたことを、ずっと自分の責任だと気に病んでいたらしい。おかしいよな。自分はギャング同士の抗争で何人殺そうが微動だにしないってのに、息子が人を死なせたことには、心臓発作を起こすほど良心の呵責を抱いていたなんて」

「……」

「なぁ、神父さま、皮肉だな。親父はこうなって初めて、俺のことを息子と呼んでくれたよ。あんたが、カロッセロに神罰をもたらす天使に違いないと怯えて、神さまに、息子の罪を赦してくれ、って叫んだんだ」

「ニコラ……」

「ずっと願っていたのに……息子だと認めてほしいと、ずっと心の底から渇望していたのに――……

ははは、なんてこった。こんな形でそれが叶ったって、ちっとも嬉しかねぇ……！　嬉しかねぇよ！　神さまってのはやっぱりいるんだよ、神父さま！　こんなにキツい罰をくれるなんて、神さま以外にいやしねぇじゃねぇか！　ええ……？」

すべての力が、体から抜け出ていくような声だった。ドン・ジェラルドからそれを聞いたのは、先週だと言う。それから今日までの日々、きっとこの若者は、流せるだけの涙はすべて流し尽くし、嘆きも呪詛《じゅそ》も吐き尽くしたのだろう。その心の中に、ぽっかりと大きな洞《うろ》が空いている光景が、千晴の目にははっきりと見える。

「では……今夜、どうしてわたしが、あなたを殺そうとしていることがわかったのですか……？」

先ほどニコラは、それを覚悟して来たような口ぶりだった。ディーノが千晴に拳銃を渡し、ニコラ殺害を強要していたことを、どうして察知したのだ？

「兄貴のやりそうなことくらい、ちょっと探ればすぐにわかるさ。親父が情報屋から受け取った書類が、なぜか兄貴の部屋にこっそり隠されてあったりな」

「……」

なるほど、あの男らしい浅はかさだ。書類など、内容を確認してから何食わぬ顔で父親の机にでも放り込んでおけば、腹に一物あることなどバレようもなかっただろうに。

ニコラはそれ以上、何も語らなかったが、こそこそと異母弟を抹殺する陰謀を巡らせたディーノが、この一週間のうちにそれ相応の報復を受けたことは明らかだった。おそらく兄についてはすべての力タがついたから、ニコラは千晴の呼び出しに応じる気になったのだろうし――。

「では……」

千晴は尋問を重ねる。

「では、あなたは今夜――大人しく、わたしに殺されるつもりでやってきたと？」

わたしを殺すのではなく？　そんなのは、この若者らしくない。自分が裏切られ、利用されたことを悟ったからには、痛覚を持って生まれてきたことを後悔させてやるとばかり、残忍な復讐を遂げるのが、ニコラ・カロッセロという男だろうに。

それなのにニコラは言うのだ。

「ああ、そうだ。好きにしてくれて構わない。煮られても焼かれても文句は言わない。あんたの気が済むようにしてくれ」

――償おうというのか。

自分の命を差し出して、わたしのつらい、復讐だけに生きた人生に報いようというのか――？

「わたしが恨みを晴らすための道具になってくれるというわけですか」

ふん、と千晴は吐き捨てた。跪くニコラの眉間に銃を突きつけ、チャッ、と軽い音と共に構える。

「目を閉じなさい」

「……」

ニコラは、素直に命令に従った。死刑に臨む誇り高い貴族のように。

だが、千晴は引金を引こうとしない。ぶるぶる震える両手を構えたまま、長く逡巡し、やがてそれを、すっと下ろした。

「……馬鹿馬鹿しい」

冷《ひ》え冷《び》えとした声が、嵐に包まれる聖堂に響く。

「こうして死ねば、楽になれると思っているのでしょう？」

「――ッ……！」

ニコラが、まるでナイフで心臓を突かれたような顔をする。

何を傷ついた顔をしているのだ、と千晴は怒りが湧いた。こんな事態になって、心が痛いのはわたしのほうだ。わたしの――わたしの気も知らないで……！

ガッ、と重い音がした。千晴が、拳銃を握った手を、力任せにニコラのこめかみに振り下ろしたのだ。ニコラは額を押さえ、その場に倒れ伏した。

「いいかげんになさい、ニコラ・カロッセロ。わたしには、あなたに罪を償わせてあげる義理も、あなたの魂を安らかにしてあげる義務もありません」

「……ハル……！」

「神罰をもたらす天使？　このわたしが、そんなご大層なものだとでも？　わたしはただ、ひとりで生きていくために神学校に進み、神を信じてもいないのに神父になっただけの、つまらない、俗っぽい人間です。家族を殺めた者たちに正義の裁きを下そうなどと、そんな偉そうな気持ちでいたわけではない。わたしはただ、許せなかっただけだ。この汚れた故郷が。腐敗した社会が。何の関係もない人間に死をもたらし、恬《てん》として恥じないギャングなどという存在が——ただ呪わしかっただけだ！神などいない、この世のどこにも、正義も、神も、神の愛もない！　ただそれが、許せなかっただけだ……！」

叫びながら、千晴は自覚した。そうだ、自分は神など信じていない。だが本当は誰よりも神に縋り、神を求めていたのだ、と。このニコラが、父親の愛をひたすら渇望していたように。そして今、罰による救いを求めているように。千晴が復讐のために罪を犯し、体を汚し、どうだ、どうだこれでもかと神に背いていたのは、反抗することで親の愛を確かめようとする、幼子の駄々だったのだ——。

「ニコラ」

千晴はこめかみを押さえて倒れたままの青年に告げた。

「出て行きなさい」

「ハル……」

「今すぐここから出て行きなさい！　わたしは、これを最後に二度とあなたには会いません。それがあなたへの罰。あなたへの復讐です！　さあ、早く出て行きなさい！」

「そんな」

ニコラの顔色が蒼白になる。

「嫌だ、捨てないでくれ。殺してくれ。あんたの手で、俺に罪を償わせてくれ！　あんたを苦しめたまま生きていくなんて、俺にはできない！」

「まだわかりませんかっ！」

叫びが、神の御前に響く。

「殺せるわけがないでしょう！　わたしは、わたしはもう、あなたを愛してしまっているんですよッ！」

ひゅぅぅ、と夏の嵐が吹きすぎる。

「……出て行って」

千晴は嗚咽しながら、告げた。

「あなたの家に戻りなさい、ニコラ・カロッセロ……。そして、あなたに相応しい、ギャングとしての一生を全うしなさい。わたしとあなたのすべては、今、終わりました」

「……っ」

「さようなら。あなたのことは、金輪際思い出しません」

千晴は身を翻した。ストールが、ふわりとはためく
「待ってくれ」

懇願が、背後から聞こえても、決して振り向かない。

「待ってくれ、俺を捨てないでくれハル！　この場で裁いて、殺してくれ！　お願いだッ……！　お願い、だっ……！」

千晴は扉を閉ざす。

厚い木の扉が背後でぴたりと閉じると同時に、ニコラの懇願の声が遮られた。千晴はその扉に背を預けたまま、天を仰ぎ、声を忍んで泣く。

涙が、とめどなく零れ落ちた。

◇　◇

窓の外は快晴のオーシャンビュー。きらきらと太陽輝く海を、かもめが甲高い鳴き声を交わしながら飛び交っている。

「ママ、チェックメイトだよ」

チェス盤を挟んで正面にいる息子に言われ、アデーレは「まあっ」と声を上げた。

「ロビンあなた、本当に強くなったわね。ママの腕じゃ、もう歯が立たないわ」

母親の賞賛に、もうじき十歳になるロビン少年は、自分の頭を抱えて、えへへ、と照れ笑いをした。

淡い色合いの金髪が何とも愛らしく、裕福そうな上等の服がよく似合う、見るからに良家の生まれらしい子どもだ。

「ママ、もう一回、もう一回！」

愛息にねだられて、駒《こま》を並べ直すアデーレは、傍目《はため》にはごく普通の裕福な家庭の母親に見える。だが、部屋のドアがノックされた瞬間、その顔に鋭い色が走った。

「マザー、少しよろしいでしょうか」

アデーレを「奥様」ではなく「マザー」と呼ぶのは、ただの使用人ではなく、ギャング団の一員である証だ。アデーレが「書斎でね」と告げると、男は心得て姿を消した。

「ごめんねロビン、ママ、ちょっと仕事のお話をしてくるわ。待っていてね」

「すぐ戻れる？」

聡明《そうめい》で素直な愛息は、母が「仕事の話」に行くのを引き止めたりはしない。そんなロビンに、アデーレは微笑んで応えた。

「そうね、きっと、すぐ済むわ」

——予感は当たった。書斎で部下から受けた報告に、彼女はそっけなく頷いた。

「そう」

火を付けさせた煙草をふかしながら、アデーレは思案を巡らせる。

「ここまでの細工が台無しね。あの酒乱男——。うまくすれば兄弟で潰し合ってくれないかしらと期待していたけれど、こうもあっさり消えられちゃ、何の足しにもなりゃしないどころか、大損害よ。まったく、忌々しいったら」

「どうしますか？」

ふーっ、と紫煙をひと吹き、「そうねぇ……」と呟く。

「この際だわ。カロッセロ家の男たちには、全員、この世から消えてもらいましょうか」

今夜のメニューはシチューにしましょうか、というような調子で、アデーレは言った。


——痛っ。

思った次の瞬間には、石床に血が滴っていた。

「どうしました、ハル助祭」

燭台を磨いていた若い神父がひとり、異変を知って近づいてくる。一緒に聖堂の清掃に励んでいた仲間も、それぞれに千晴のほうを気にしていた。

「いえ、少し手元が狂って」

いつもの花ばさみで菊《マム》の茎を落とそうとして、あやうく自分の指を落とすところだった。考え事で手元を狂わせるだなんて、まったく、どうかしている。

「血が出ているじゃないですか。ちょっと待って」

神父は慌てて、真っ白いハンカチを取り出す。それを見て、千晴は焦った。

「ああ、そんな綺麗なハンカチ、もったいない——血がついたら、洗っても取れなくなる」

「何を言っているんですか」

若い神父は千晴の遠慮にもどかしげな顔をしつつ、強引に怪我をしたほうの手を取った。そして有無を言わせず、ハンカチで包んでしまう。

白い絹地に、じわり、と血が滲んでいく。

「結構深いですね。病院で縫合してもらったほうがいいのでは？ 手の傷はこじらせると厄介ですよ」

「大丈夫ですよ。……でも、ご心配ありがとう」

一礼すると、ハンカチを渡してくれた神父は、なぜかたいそう驚いた顔をしていた。どうしたのだろう。

「わたしの顔に、何かついていますか……？」

「いえ、そういうわけでは。ただ……」

灰色の目をした若い神父は、その目で千晴をまじまじと見つめてくる。

「ただ、ここのところ、ずいぶんとその――……おやつれになってらっしゃるので」

「……」

そうか、と千晴は理解した。

あの嵐の夜から、千晴はずっと心の中で悩み、苦しみ、悲嘆している。それでいてどこか、安堵もしている。そういう心の動揺すべてが千晴の面差しに陰を作り、捨てておけない雰囲気を醸し出しているのだろう。若い神父は、それに当てられたのだ。

（でも、これでよかったのだ）

真相を知らされても、自分は結局、ニコラを殺せなかった。家族の復讐を成し遂げられなかった。延々と積み重ねてきた血の滲むような努力がすべて無に帰してしまったが、今は不思議と、虚しさも後悔もない。

すべては終わったのだ。憎しみも、復讐も――千晴の人生も。

（ニコラ……）

年下の、愚かで、残忍で、でもそれだけに愛さずにいられなかった、寂しがり屋の若者。今はどうしているだろうか。ちゃんと寝て、ちゃんと食べているだろうか――。

「このハンカチは洗って――いいえ、新しいものを買ってお返しします。では……」

「あ、ちょっと、待ってください、ハル助祭！」

若い神父は、聖堂を出たところの回廊でハルを引き止めた。

「――モスの修道院に行かれるというのは、本当なんですか……？」

数日前から、神父たちの間で噂になっていた話だ。千晴は頷き、「ええ」と肯定した。

「すでに暇《いとま》願いは提出してあります。了承されれば、来週にでもここを発《た》つことになるでしょう。そろそろ、荷造りを始めなくては」

またあの古いトランクの出番だ、と千晴は思う。以前、ニコラが職人に依頼して直してくれたそれは、新品よりも堅牢になっていた。今回の引っ越しにも、充分役に立ってくれるだろう。

「そんな、どうして……。バルトロ司教の代理として臨時教区長に推薦されたとお聞きしましたのに」

若い神父が痛ましげな顔をするのも無理はなかった。街中の教会とは違い、修道院は俗世を離れた修行者たちの世界だ。ことにモス修道院は、森の彼方《かなた》の僻地《へきち》で今も前世紀さながら、電気もガスもない伝統的な暮らしを守っていることで知られる。

千晴は、隠遁者《いんとん》になろうとしているのだ。若くして叙任された助祭の地位を捨て、目の前に開けている出世の道をも放棄して――……。

「バルトロ司教がお倒れになられた時点で、ここはわたしの居場所ではなくなりました」

どこの組織であれ、後ろ盾を失くした者の末路は惨めなものだ。このままここに居座っても、待っているのは千晴を快く思わぬ者たちによる袋叩きだろう。

こんな成り行きになった以上、もう、ガスコの街に用はない。これを機会に、自分の人生に始末をつけよう――と、決意した千晴だった。

「まあ、わたしがいなくなれば、いささかご婦人方からの喜捨額は乏しくなるでしょうけれどね」

毒のある冗談を言い、反応に困っている若い神父に笑いかける。

「あなただって、捨てたものではない程度にはハンサムですよ。せいぜい、わたしの跡を継いで、信徒の財布を軽くする努力をなさい」

これ以上は心配無用に、という意味で、ぽん、と肩を叩く。

その時、聖堂のほうがにわかに騒がしくなる。

誰かが大声を上げていた。

そしてそれは、明らかに、千晴の名を呼んでいた。

「ハル神父！　ハル神父はいらっしゃいませんか！」

その声に、千晴は聞き覚えがあった。訓練を積んだ者特有のなめらかすぎる発音は、カロッセロ家の執事ササキのものに違いない。

「お願いです、ハル神父にお取次ぎを」

やけに焦った声が、懇願している。

「ニコラさまが、行方をくらませられたのです。お願いです、どうかハル神父に――……」

――えっ。

「どういうことです！」

ニコラの名を聞いた瞬間、千晴は怪我も忘れて、血の滲むハンカチを巻いた手で、聖堂への扉をバン、と押し開けた。

そこには、髪も服装も乱して、土気色の顔をしたササキが、困り果てたように立ち尽くしている。

「おお、神父さま――……！」

千晴の姿を見た瞬間、ササキは通路を駆け寄ろうとして、つんのめり、その場にばたりと倒れた。自分の年齢を忘れて、無理をしたのだろう。千晴が慌てて駆け寄ると、半死半生といった態の老執事は、いきなりキャソックの裾に縋りついてくる。

「お願いです、お願いです、ハル神父。ニコラさまをお止めください――……！」

「落ち着いてください。いったい何があったんです」

傍らに膝を突き、介助の手を差し伸べつつ問うと、ササキはその手を握りしめ、喘ぐように叫んだ。

「ニコラさまには今、ロッサから刺客が差し向けられているのです。その情報があった数日前から、用心のために護衛をつけ、お屋敷に籠もっていただいていたのですが、今朝からどこにもお姿が見えません。お部屋に、ご自分でお召替えをされた形跡があり、自ら、お屋敷の外へ出て行かれたようなのです！」

――ニコラ……！

そんな、と千晴は総毛立った。今も記憶に生々しく残っている機関銃による襲撃の場面が、脳裏をよぎる。

路面にべったりと広がった、真っ黒い血。あの場面を、ニコラが憶えていないわけはない。刺客がうろつく街に護衛もなしに出れば、今度こそニコラがテオのように蜂の巣にされるのだ。そのことが、わからないはずがないのに。

殺してくれ、と懇願する声が耳に響く。

殺してくれ、俺を罰して、罪を償わせてくれ――！　と。

まさか……そんな。

「お助けください、ハル神父！」

ササキの手が胸元にまで縋りついてくる。その必死の手に、千晴はがくがくと揺さぶられた。

「ニコラさまは死ぬ気なのです。命を投げ出されるおつもりなのです。あなたさまに見捨てられてから、まるで生きる屍のようになってしまわれ……絶望の果てに、自ら死を求めて、さすらっておいでなのです！　お願いです、お願いでございます。あの事件のことをお怒りなのなら、あれは、まだ分別もつかない子どものいる家にうかつに爆薬を隠していたドン・ジェラルドと、武器庫の壁の破損に気づかなかったわたくしの責任です。ニコラさまに罪はない。お責めになるなら、どうぞこのわたくしを！　どうか、ニコラさまのことは、赦して差し上げてくださいませ……っ……！」

今度は、千晴の血の気が引く番だった。貧血を起こした頭の中で、ただひとつの言葉がガンガンと鳴り響く。

――ニコラさまは死ぬ気なのです。

あの馬鹿。

あの、馬鹿――！　わたしがせっかく、赦してあげたというのに……！

千晴は立ち上がった。疲労困憊《こんぱい》の老執事の体調は心配だったが、それは他の神父たちに託すしかない。

「ハル神父！」

通路を駆ける。脇扉から、ガスコの街へ飛び出す。

「駄目です、行ってはいけません！　ギャングに関わるなど、危険です！　ハル神父！」

咎める声など届かない。誰が止めようと、足は止まらない。

すべてを振り払うような勢いで、千晴は自らの足でガスコの街を駆けていった。


——あの時が初めてだった。

誰かを愛しいと思ったのは。

ガスコの街を彷徨い歩きながら、ニコラは虚ろな心で考え続けた。

神父に出会う前のニコラは、図体ばかりは大きくとも、まだまったくの子どもで、自分を異分子と見なしてもてあます家族や世間のまなざしに傷つき、それに呪縛されるばかりだった。俺はドン・ジェラルドの子だ、それを証明してやる。みなにそれを認めさせてやる——。

それなりに愛情を傾けてくれた歴代の愛人たちも、親切なササキも、忠実なテオも、そのニコラを慰めてはくれたが、捕われている呪縛から解放してはくれなかった。

だがハルは違った。あの口の悪い、不信心者の神父は、ニコラを縛りつけていたものの正体をすぐに見抜き、軽々とそれをほどいてくれた。まるで神に祝福された本物の聖者のように。

ふらりと、体が傾ぐ。どん、と肩が壁にぶつかる。流れる木の葉のように、ふらふらと。

生きる屍のようなニコラを、通行人たちが気味悪げに眺めては去って行く。

——今思えば、不思議だ。ガスコ中央駅で出会った瞬間、ニコラはまるでそのことを最初から知っていたかのようにハルに惹かれた。出会ったのは、あの時が初めてだったはずなのに。

まるでずっと昔に出会い、愛し合ってきた相手のように、ニコラはハルを愛した。

やはり、人と人との間には、最初から運命としか名づけようのない糸が渡っているのだろう。それが時に、鮮血の赤や、呪縛の黒に染められていることがあるだけで。

(ハル、だから)

ニコラは愛した人を想う。

(ごめんな、俺は——やっぱり、自分を許せないよ)

神父が自分を殺さなかったのは、彼の精一杯の愛情だ。わかっている。彼は愛してくれた。だがそれは、ニコラからの愛を受け取ることを拒む愛だった。

「ごめん、な——……」

ニコラは空を見上げて待った。

港町からの刺客が、自分を殺しに来る瞬間を。

やがてその耳に、こちらへ突進してくる車のブレーキ音が届いた。

口の端に、思わず笑みが浮かぶ。

(ああ、神父さま——……)

どうか俺の愛を受け止めてくれ。

ニコラは飴色の目を閉じた。

——思い出した。

そうだ思い出した。何もかも思い出した。千晴は懸命に街を走りながら思った。

あの日、あのカルナヴ通りの店に、千晴はクリーニングの済んだ品の配達を終え、自転車の荷台に空のトランクを括りつけて帰ってきたのだ。

店の裏手に通じる路地に、自転車を押し押し入って行こうとした時、なぜかそこで、がくん、と自転車が進まなくなったのだ。

振り向くと、トランクのへりに、小さな子どもが手を掛けてぶらさがっていた。

——えっ、何……？

どこの子だろう。こんな綺麗な金髪の子、この辺じゃ見たことがないぞ……？

『行っちゃだめだよ！　お兄ちゃん！　そっち行っちゃ、だめだったら！』

子どもの踵《かかと》が、路面と擦れてずりずりと音を立てる。ぶらさがっているのではなく、千晴を必死に引き止めているつもりだったらしい。

『いや、こっち行かないと家に帰れないんだけど……』

『だって、もうバクハツするんだ！　火をつけちゃったから、そっち行っちゃだめ！』

意味のわからない事態に千晴が戸惑っていると、金髪の子どもは『もう！』と叫ぶなり、渾身の力で自転車の荷台からトランクを引き剝がした。そして、それを抱えて転げるように逃亡する。

『あっ、こら、待て！』

身なりのいい子どもだったから油断した。かわいらしい見かけで、とんだ泥棒猫だ。舌打ちした千晴が、自転車を置いて後を追い、角を曲がり、一区画走った時だった。

どぉん！　と天地をどよもす轟音が背後から襲いかかり、千晴を突き転ばしたのは。

――そのまま、建物に火が回るまで、千晴は失神していたようだ。

意識を取り戻して真っ先に聞いたのは、子どもの泣き声だった。

『……っ……』

そして、ごうっ……と炎の音。火事だ爆発だ、と喚く大人たちの声が、妙に遠い。

はっ、と顔を上げた一区画先で、両親の店が炎上しているのを、千晴は見た。

『お、お父さん。お母さん……』

『ごめん、ごめんなさい、ごめんなさい……！』

息を呑む千晴の隣で、金髪の子どもが、顔を真っ赤にして泣き叫んでいる。

『こんなつもりじゃなかったんだ、こんなつもりじゃなかったんだ……！』

ただ茫然とするばかりの千晴の傍らに、あの空のトランクが、ぱっくりと蓋を開けたまま転がっていた――。

――ああ、そうだったのだ。

回想から覚めた千晴は、街角の壁に手をついてゼイゼイと息を切らし、忙しなく周囲を見回しながら思った。街ゆく人々が、いったい神父さまが血相変えて何事かと面食らったように、千晴を凝視している。

――あの時……あの時ニコラは、わたしを守ってくれたのだ。自分が仕掛けた爆薬に、わたしが近づいて行くのを黙って見ていられず、泥棒のふりまでして、子どもなりに懸命に、わたしを引き止めてくれたのだ……。

ニコラは千晴の家族の仇で、それと同時に、命の恩人だったのだ。

(わたしは――)

いったい、彼をどうすべきなのだろう。わからない。愛しさと怨みが、心の中で絡まりもつれる。

家族を失ってからの、苦しく悲しくひとりぼっちだった日々。復讐心を胸にこの街に舞い戻り、ニコラと出会ってからの日々――。

ニコラが聖堂を訪ねてきたあの嵐の夜、彼を突き放したのは、やはり完全には赦しきれなかったからだ。彼を殺さなかったのは、どうしても憎みきることができなかったからだ。だが今、こんなにも必死でニコラを探し求めているのは、昔、助けられたことを恩に着たからではない。

ただ、死んでほしくないからだ。

生きていてほしい。死んでほしくない。もう悲しまなくていいから、苦しまなくていいから、もっともっと、幸せに生きてほしい。心からそう願う。理由はひとつだ。

――愛しているから。

ニコラを求めて走るうちに、憎しみは消え去り、ひたむきなその想いだけが心を占めていく。人ごみの街を走り回るうち、白銀の額と首筋は、汗みずくになる。こんなにもなりふり構わず走り回ったのは、いったいいつぶりだろうか。こんなにも一途に、誰かを想ったのは。

——いた。

千晴はニコラを見つけ、その奇跡に息を呑んだ。

そこはカルナヴ通りだった。かつて幼いニコラがダイナマイトを用いた場所。千晴が家族を失った場所。そして互いにまだ幼かったふたりが、最初に出会った場所だ。

ニコラが死を求めているというのなら、何となく、ここに向かうような気がしていたのだ。何の根拠もないただの勘ながら、千晴には確信じみたものがあった。

ニコラに、出会える——と。

「ニコラ……！」

すでに夕刻。かつての事件が嘘のように洒落たブティック街になっている通りは、綺麗に飾りつけられたショーウィンドーが並び、若い男女で混み合っている。その人垣の先に向けて、千晴は叫んだ。

「ニコラ！」

だがニコラは気づかない。こちらに背を向けて、ふらふらと歩いている。文字通り、魂が抜けたように。

その時、突然、ブレーキ音が鳴り響いた。車道を突進してくる車に、千晴は聖堂前で起こった襲撃事件を思い出す。

ニコラが振り向いた。拳銃を構える刺客が車窓から身を乗り出している姿を見て、ようやく願いが叶うとばかり、空虚な皮肉っぽい笑いを浮かべ、両手を開いて天を仰いでいる。

死刑に臨む罪人のように。

あるいは、殉教する聖人のように――。

千晴はすべての力を、ニコラに向かって走ることに捧げた。今この瞬間、神も人もなく、ただニコラだけがあった。

ニコラの命だけが――。

銃声――。

砕け散るショーウィンドーのガラス。人々の悲鳴と、逃げ惑う足音。そして走り去る車の音。

「……っ……」

千晴の渾身の突進を受けて倒れたニコラは、いったい何があったんだ、という顔で、いかにも痛そうに起き上がった。そして自分の胸にしがみついているのが、黒服、黒髪の神父であることに気づき、ハッ、と息を呑む。

「神父さま……？　ハル、神父……？」

その声が裏返った。

「し、神父さま、おい、そ……そんな、まさか――……！」

「……縁起でもない心配をしないでください」

千晴はニコラの胸に顔を押しつけたままで告げた。

「おおかた、テオのことを連想したんでしょうけど――このわたしが、あなたなんかのために死ぬはずがないでしょう。図々しい」

顔を上げてみれば、ニコラは左のこめかみの上にガーゼを当てていた。数日前、千晴が殴りつけた傷だろう。思わず手を触れる。だが珍しくいたわりの気持ちを出した千晴に、ニコラは馬鹿なことを言った。

「何で……あんた、何で……」

「何で、ですって？」

この大馬鹿者、と瞬間的に腹が立つ。あとで気まずい思いをするのは嫌だったから、殴ることだけは、どうにか寸前で堪える。

「言ったはずです。死んで楽になろうとすることなど、許さないと」

「ハル……でも、俺は……。俺は、あんたの家族を……」

おろおろと、またあの夜の繰り言を蒸し返そうとするニコラの金髪を、千晴は両手で乱暴に鷲掴《わしづか》む。いてて、と呻かれたが、容赦せずにきりきりと両側から吊り上げた。

「この頭の中身はバタークリームですか？　こんなに言ってもわからないなんて」

この若者は、どうやら本当に馬鹿らしい。花ばさみで切った手の傷が痛んだが、今は意識する暇もない。

「仕方がありません」

もう仕方がない。もう他に、彼にわからせる方法がない。

「あなたのような馬鹿には、理解できるまで徹底的に教えてあげるしかなさそうです」

千晴は自ら、ニコラの唇を吸う。

その唇が、ヒュッ、と息を吸い込み、呼吸を止めたのがわかる。

「わたしがあなたを、どれほど愛しているか——この体の、熱でね」

遠くから、サイレンの音が近づいてくる。

人々が逃げ散り、ショーウィンドーの割れたガラスが散乱する路上で、千晴とニコラは血と硝煙の匂いのするキスを交わした。

◇　◇

——襲撃は失敗。どうやら例の神父が裏切った模様……。

そう報告を受けた時、アデーレはやはり窓際で煙草を弄びながら、「そう」とだけ答えた。

「何となく、そんなことになるような気はしていたけれど……」

女の勘だ。色々と手は尽くしてみたものの、本当は、あのやけに色っぽい神父に会った時から、うまくいくような気はしていなかった。カロッセロのニコラと同じく、その一見非情な瞳の奥に、誰かに愛されたい——という切実な欲求を感じていたからだ。案の定、ミイラ取りがミイラになってしまった。

「いかがなさいますか、マザー」

裏切り者には報復を、と進言する部下を、金髪の女は止めた。

「よしなさい。野暮《やぼ》なことよ」

「ですが」

「この世で愛だけはね、人の思い通りになどならないのよ。それが生まれてしまった結果なら——仕方がないわ」

そう告げて、部下を手振りで下がらせる。無表情な部下は、丁寧な一礼をして、ぱたん……とドアを閉ざした。

窓外の暮れかけた空に、かもめが鳴いている。

「馬鹿馬鹿しい……」

紫煙を吐き出し、ひとりごちて思う。あれほど遠大な計画が、たかだか男ふたりの好いた惚れたで挫折するなんて、何てくだらない結末かしら。

しかもこのロッサのアデーレ自身が、そのことを大して悔しいとも思っていないだなんて、まったく、もう——。

「……つくづく男なんて、当てにするものではないわね」

男など所詮、みなが寂しがり屋の甘ちゃんなのだ、とアデーレは思った。どれほど非情を気取ろうとも、結局、最後の最後で孤独に耐えられない。母を求め、父を求め、伴侶を求め、そのぬくもりを欲してやまない。そこがまたかわいいところでもあるのだが。

今回得られたものは、そんな教訓くらいだ。いや、あるいはそれで充分とすべきか――。

「でも、あのニコラがこれで精神的な強靭《きょうじん》さを得たとなると、厄介ね」

仕方がない。ひとまず、ガスコへの侵出計画は白紙に戻そう。失敗した計画に未練がましく縋りついても、時間を食うばかりで、いい結果は生まれない。ロビンの将来に不安要素を残さないためにも、ここは無理をすべきではないだろう。

「どうせ一時の平穏よ」

憎らしげに、せせら笑いながら、煙草の火をひねり消す。

「今はせいぜい、恋の甘さに酔うがいいわ。ニコラ・カロッセロ……」

そうして、港町ロッサを統べるゴッドマザーは、母親の顔に戻り、愛しい息子ロビンが待つ部屋へ向かった。

◇　◇

「ニコラさま！」

らしくもなく髪を乱し、ネクタイも曲がったままのササキが、安堵のあまり気絶せんばかりの表情で、神父に連れ帰られたニコラを出迎えた。

その瞬間、カロッセロ邸に安堵の空気があふれる。顔を出した使用人たちがみな、泣き笑いの表情なのを見て、千晴はまたニコラに怒りを覚えた。

――こんなにみんなを心配させて……！

「ササキさん」

千晴は滅多に使わない日本語で話しかける。

「しばらく、ニコラをわたしに預けてください。呼ぶまで誰も部屋に近づかないように」

にっこりと、目の笑っていない笑顔を見せる千晴に、老執事は「は、はい」と気圧《けお》されるように応える。本来千晴に、彼らに対する命令権などないのだが、敬虔な信徒の家だけに、使用人たちにも聖職者への無条件の敬意が根付いているようだ。

「大丈夫ですよ。取って食おうってわけじゃありません。ただちょっと、お説教をするだけです」

そうして、神父に肘を摑まれすごすごと二階へ引っ張り上げられるニコラを、ササキの目が心配げに追ってくる。別の意味で取って食おうとしていることを、察したのかもしれない。

ぱたむ、とニコラの寝室のドアを閉ざし、千晴は書き物机の椅子を部屋の中央に引っ張り出して、

「座りなさい」と促した。

「上着を脱いで、ここに座りなさい」

「——ベッドじゃなくてそこに？」

ニコラは何やら心外そうだ。あんな熱いキスまでしておいて、本当に今さら教説なんかするつもりなのか、と言いたげに。

まったく、この若者ときたら。

「ニコラ、先ほどはあなたが無事だったことが嬉しくて、思わずあんなキスをしてしまいましたが、わたしは怒っているんですよ？」

——勝手に命を捨てて、自分だけ楽になろうとするなんて……。

千晴は顔の皮一枚だけでにこにこと笑いながら告げた。ニコラがぐっと詰まる。

「それなのにあなた、おいいたの罰を何も受けずに、わたしを抱けると思ったんですか？　図々しい。たかだかギャングのくせに、何様のつもりですか」

「し、神父さま……」

「いいから、座りなさい」

再度促すと、ニコラは「親父にも説教なんてされたことないのに……」などと、情けないことをぶつぶつ言いながらも、すとんと腰を下ろした。

千晴は、いきなりそのウエストから革ベルトを引き抜いた。一瞬、ニコラが腹を絞められてぐえっと唸ったほどの勢いで。

「ちょっ……し、神父さま？」

「大人しくなさい」

ぱん、と一度それを張り、ニコラの背後に回り込む。そしていつだったか自分がベッドでされたのと同じように、青年の手首を背もたれの後ろに括りつけてしまう。

背後で蠢く千晴の気配に、ニコラは抵抗こそしなかったが戸惑っている。そんな青年の前に、千晴は腰に両手を当てて立った。

「さてニコラ。もう一度言いますが、わたしは怒っています」

「……」

後ろ手に縛られたニコラは、後ろめたそうな上目遣いだ。

「だから、あなたにこれから罰を与えます。あなたはどんなに苦しくても、わたしにすまないと思う気持ちがあるなら、それに耐え、すべてを受け入れなくてはなりません。いいですね？」

「神父さ……」

「い い で す ね ？ 」

美しい顔で念押しされて、ニコラは人形のような仕草でコクコクと頷く。

それを見て、千晴はにんまりと笑んだ。そしていきなり、キャソックを脱ぎ始める。

「え……」

ばさばさと、脱ぎ捨てられる黒衣。

現れ出てくる白い肉体と、その絶景に、ニコラが後ろ手に縛られたまま茫然としている。

ついに全裸になった千晴は、その肌に夕陽を浴びながら、黒髪をなびかせ、そろりと一度回って見せた。

あからさまな挑発に、ニコラが、こくり、と生唾を飲む。

「ニコラ……」

妖艶そのものの表情をしながら、縛られた若者に両腕を回し、膝に乗り上げるようにして口づける。だが舌を深く絡め合わせるのは拒み、そのまま、顎先、喉首、胸元へと唇を降ろしながら、しゅっ、と音を立ててニコラのネクタイを引き抜いた。

「おかしな顔……」

ふふ、と千晴が裸体を揺らして笑う。

「わたしを縛り上げて犯しておきながら、自分がそうされる時は怖れ慄くんですか？　身勝手ですね」

「あ、あんた……俺を犯す気か……？」

にっ、と口角を吊り上げて、千晴はニコラの足の間に屈んだ。

そしてスラックスの前をくつろげ、中に納まっていたものを取り出し——あ、と口を開いて、その中に引き入れる。

ぎゅっ、と吸い上げる。

舌をまといつかせると、頭上でニコラがうっと呻き、身を反らせた。椅子の前脚が浮き、がたん、と音を立てる。

「し、神父さ……ハルっ……！」

それは、決して苦痛の身じろぎではなかった。千晴の口の中のものが、いきなり蘇生した生物のように、びくん、と震えたからだ。

巨大と言うのではないが、若々しくいかにも活きのいいそれを、愛しく舐める。吸って締めつけ、愛する。ちゅっと音を立てる。

「う……」

ごきゅり、とニコラが喉を鳴らしている。たちまち顎が外れそうな大きさに育ったそれの幹にキスをして、うふふと笑った千晴は、鮮やかな手際でネクタイを絡みつけ、その根元をきゅっと縛ってしまった。

「うぁっ！」

がたん、とニコラが椅子ごと跳ねる。その膝の上に、千晴の裸体が飛び乗った。

「ハ、ハルっ……！」

「ニコラ」

潤んだ目で見つめる。

「わたしの、ニコラ……」

脂汗を垂らして苦しみと快感に耐えているニコラが、ふっと目を開いた。

間近で見つめ合う。

じんじんする痛みに喘いでいるニコラと、深いキスをした。しつこいくらいに長く口の中を舐め回してやると、またそれに感じたのか、ニコラの牡《おす》が一層いきり立つ。そのたびに若いギャングは、うぐっと呻いて体を跳ねさせた。

「ハル、痛い、痛い――……！　もう許してくれ。お願いだから、もう許して解いてくれよ……！」

「駄目です」

千晴は甘くやさしくニコラを苦しめることをやめない。はだけたシャツに手を入れ、乳首を弄ってやると、ニコラは悲鳴同然の声を上げた。その尖りを、なおもこりこりといじめながら告げる。

「わたしはね、ニコラ。いつかカロッセロを潰して家族の仇を取るために、今までどんなことでもしてきました。あなたにはとても言えないような、汚くて、罪深いことを沢山ね」

「……ッ……！」

「そんなことまでして追い求めた目的を、何もかも赦してあきらめようというのですよ？　あなたにもある程度苦しんでもらわなければ――とても、気持ちにけじめをつけられない」

「ハル――……」

「ねぇ、ニコラ……」

ひそ、と千晴は囁く。

「あなたも、思い出して」

「えっ……？」

「わたしたちが、本当に初めて出会ったのがいつだったのか」

ん、ふっ……と湿った吐息を漏らしながら、千晴はニコラの膝の上で自らの孔をほぐし始める。

自分の指を出入りさせながら、時折、ニコラの先端を入口に触れさせては離す。たったそれだけで、
ニコラは身悶《みもだ》えて苦しんだ。

「ねぇ、ニコラ、思い出して」

「……ッ……！　な、何……？」

「わたしは思い出しましたよ」

今度は少し、腰を深く落とす。しくしくと泣くようなニコラの牡の先端が、少し千晴の中に埋まった。

「きっと、あなたを本当に赦したから……本当に愛したから、思い出したんです」

「ハルっ……」

素晴らしい告白を受けた悦びと、肉体の苦痛に泣き笑いながら、ニコラが千晴を見つめている。

その膝上で全裸の千晴は、腕を回して、ニコラを抱きしめた。頬を寄せて、耳の端を甘く齧《かじ》る。

「さあ、ニコラ……」

あの時、まだ幼かったあなたが、どうしてわたしを助けてくれたのか、思い出して。そのわけを聞

かせて。

囁きながら、腰を下ろす。したたかに、青年のもので、自分を貫いてゆく。

「う……わぁ……！」

根元を縛られたまま挿入させられたニコラが、仰け反りながら悲鳴を上げる。

「ああ、ニコラ……」

さあ、思い出して。

ぴっちりと粘膜で覆い尽くし、ゆさゆさと腰を上下させながらねだる。時折、入口の窄まりにネクタイの布地が触れ、それが粘液を吸ってぐっしょりと濡れていく。

「ハル、駄目だ、もう許してくれ、ハル……！」

若いニコラは、またたく間に音を上げ始める。

「駄目です。あなたが思い出すまでこのままです」

ニコラを体内深く呑んだまま、千晴はねっとりと告げた。

「ほら、射精したいでしょう？　自分で思い切り腰を振って、わたしを啼かせて味わいたいでしょう？」

「ハルぅ……」

半泣きのニコラを、千晴は散々に弄んだ。「この悪魔」と罵られて、にぃ、と笑う。

「その悪魔が、お好きなのでしょう？　この淫らな魔性の神父が、大好きなのでしょう？」

するとニコラは全身をばたつかせて叫んだ。

「大好きだよ、こんちくしょう！」

心底からの罵声だ。

「これから街中の店をダイナマイトで吹っ飛ばそうって悪ガキを、いざその瞬間、ひと目惚れさせちまうくらい綺麗なあんたが……あの時からずっと、だい、大好きなんだよ！」

千晴は暴れるニコラにしがみつきながら、ハッと息を呑んだ。

「ニコラ、あなた……」

ニコラもまた、思い出したのだ。ふたりの真の、初めての出会いの瞬間を。

ふたりの関わりが真に、始まったその瞬間のことを――。

身が震えるほどの感動に襲われ、千晴は「ニコラ……」と呟きながら、その首筋にキスをする。

同時に、自分の腰下でびくびくとうっ血しているものの縛めを、しゅるり……と解き放ってやる。

解放されたニコラは、千晴の鎖骨に歯を立てるようなキスをしながら、腰を思い切り突き上げ始めた。暴れ馬の背の上にいるように、千晴の体が跳ねる。

白くしなやかな裸体から、汗が飛び散る。

「アッ、アッ、ニ、ニコラ、ニコラ……！」

そうして、散々に千晴の体を味わったニコラは、感極まる呻きと共に、熱いほとばしりを振り絞った。

「ア……！」

そして千晴は、裸体を三日月のように反らし、それを受け止めた。

何もかもが——憂いや、憎しみや、こびりつくようなつらい過去が、砕け散り、消えてゆく。

深い悦びの涙を、その目から零しながら。

「ニコラ、ああ、ニコラ」

体を繋げたままの姿勢で、両腕いっぱいに抱きしめて、告げる。

「今、心から、あなたを赦します」

かちゃり、とバックルの金具が鳴る音がして、ニコラの後ろ手の拘束が解かれる。

「……神父さま……」

「そして、わたしはあなたを……あなたを愛することを、自分自身に赦します。ニコラ・カロッセロ……」

誓いを立てるようなキスを、千晴はニコラに贈った。

千晴からの口づけに、ニコラもまた、手首に紅い痕の残る腕を伸ばして、力強い抱擁と共に応える。

しめやかな水音——……。

「ハル、俺のハル……」

愛する人と深く、心も体も交わっている悦びを味わい尽くすように、ニコラは千晴の肩口に額を埋めてきた。

そのまま、涙を幾粒も流しながら、「愛してる……」と告げる。
宵闇が、カロッセロ邸を覆い始める。
ふたりの熱い時間は、まだ始まったばかりだった。

あとがき

BL《ボーイズラブ》をこよなく愛する素晴らしき世界の皆さま。ごきげんよう。高原《たかはら》いちかです。このごろは本当にSNSでアジア各国から反応があったりするので、このご挨拶も伊達ではなくなってきましたね。

さてさて、今作のギャング×神父はいかがでしたでしょうか。冒頭、駅の階段を滑り落ちる乳母車のシーンを入れたのは、わかる人にはわかる某アメリカン・ギャング映画へのオマージュです。すぐに撃たれて死ぬモブまでアル○ーニを着て出てくるという時代考証ガン無視の色気優先具合が、まことに高原の好みであります(笑)。

時代ものはいつもそうなのですが、今回のお話もコスプレものというか、登場人物にこういう服を着せたいという願望から発想しました。ビシッとした三つ揃いのスーツとコートに中折れ帽を被ったギャング。そして黒いキャソックを着た神父さま。その匂い立つ美と色気。現代の設定ではキメキメすぎてちょっと書けない景色ですね。さらに機関銃の弾丸と血飛沫飛び交うとなるともう、これぞ時代劇！　の醍醐味というものです。

ところで高原の近況ですが、この本から編集担当氏が交代となりまして、執筆中にご挨拶かたがた一度上京いたしました。編集部は東京五輪のメイン会場近隣でして、あちこちで大工事中なのが印象深かったです。

その前日、国立新美術館に「ミュシャ展」を見に行きました。このごろの来日美術展ではほとんどそんなことはないんですが、この展覧会だけは諸般の事情で巡回がなく東京オンリー開催でしたので、安くはない汽車賃（いつの時代？）を払ってでもえいやっと見に行くことにしたのです。いやぁ素晴らしかったですね「スラヴ叙事詩」。ミュシャは若かりし頃に日本趣味《ジャポニズム》の流行を経験している人なので、日本という国のことはおそらく知っていたと思うのですが、祖国チェコのために描いた歴史画が時代を経て日本人に感動を与えるとは、さすがに想定外だったでしょう。歴史とは本当に数奇なものです。

最後になりましたが、華麗な筆で高原の世界に生命感を与えてくださった笠井《かさい》あゆみ先生にあつく御礼申し上げます。

そしてこの本を手に取って下さったすべての方に、愛と感謝を込めて。

平成二十九年九月末日

高原いちか　拝

LYNX ROMANCE

イラストレーター募集

リンクスロマンスでは、イラストレーターを随時募集いたします。

リンクスロマンスから任意の作品を選び、作品に合わせた
模写ではないオリジナルのイラスト（下記各1点以上）を描いてご応募ください。
モノクロイラストは、新書の挿絵箇所以外でも構いませんので、
好きなシーンを選んで描いてください。

1 表紙用 カラーイラスト

2 モノクロイラスト（人物全身・背景の入ったもの）

3 モノクロイラスト（人物アップ）

4 モノクロイラスト（キス・Hシーン）

募集要項

＜応募資格＞

年齢・性別・プロ・アマ問いません。

＜原稿のサイズおよび形式＞

◆Ａ４またはＢ４サイズの市販の原稿用紙を使用してください。
◆データ原稿の場合は、Photoshop（Ver.5.0 以降）形式でＣＤ－Ｒに保存し、
出力見本をつけてご応募ください。

＜応募上の注意＞

◆応募イラストの元としたリンクスロマンスのタイトル、
あなたの住所、氏名、ペンネーム、年齢、電話番号、メールアドレス、
投稿歴、受賞歴を記載した紙を添付してください（書式自由）。
◆作品返却を希望する場合は、応募封筒の表に「返却希望」と明記し、
返却希望先の住所・氏名を記入して
返送分の切手を貼った返信用封筒を同封してください。

＜採用のお知らせ＞

◆採用の場合のみ、６カ月以内に編集部よりご連絡いたします。
◆選考に関するお電話やメールでのお問い合わせはご遠慮ください。

宛先

〒151-0051 東京都渋谷区千駄ヶ谷 4−9−7
株式会社　幻冬舎コミックス
「リンクスロマンス　イラストレーター募集」係

この本を読んでの
ご意見・ご感想を
お寄せ下さい。

〒151-0051
東京都渋谷区千駄ヶ谷4-9-7
(株)幻冬舎コミックス　リンクス編集部
「高原《たかはら》いちか先生」係／「笠井《かさい》あゆみ先生」係

LYNX ROMANCE
リンクス ロマンス

夜の薔薇 聖者の蜜

2017年9月30日　第1刷発行

著者……………高原《たかはら》いちか
発行人…………石原正康
発行元…………株式会社　幻冬舎コミックス
〒151-0051　東京都渋谷区千駄ヶ谷4-9-7
TEL 03-5411-6431（編集）
発売元…………株式会社　幻冬舎
〒151-0051　東京都渋谷区千駄ヶ谷4-9-7
TEL 03-5411-6222（営業）
振替00120-8-767643
印刷・製本所…株式会社　光邦
検印廃止

ISBN978-4-344-84076-8 C0293
Printed in Japan

幻冬舎コミックスホームページ　http://www.gentosha-comics.net